草原小镇

（插图版）

［美］罗兰·英格斯·怀德◎著

刘颖◎译

JM 吉林美术出版社 | 全国百佳图书出版单位

图书在版编目（CIP）数据

草原小镇：插图版 / (美) 罗兰·英格斯·怀德著；
刘颖译. -- 长春：吉林美术出版社, 2023.5
（小木屋的故事系列）
ISBN 978-7-5575-5653-2

Ⅰ.①草… Ⅱ.①罗… ②刘… Ⅲ.①儿童小说 – 长
篇小说 – 美国 – 现代 Ⅳ.①I712.84

中国版本图书馆CIP数据核字（2020）第130854号

小木屋的故事系列　草原小镇
XIAO MUWU DE GUSHI XILIE　CAOYUAN XIAO ZHEN

出 版 人　华　鹏
作　　者　[美]罗兰·英格斯·怀德 著
译　　者　刘　颖
责任编辑　栾　云
装帧设计　张合涛
开　　本　680mm×960mm　1/16
印　　张　14.5
字　　数　180千字
版　　次　2023年5月第1版
印　　次　2023年5月第1次印刷
出版发行　吉林美术出版社
地　　址　长春市净月开发区福祉大路5788号
邮　　编　130118
印　　刷　天津海德伟业印务有限公司
书　　号　ISBN 978-7-5575-5653-2
定　　价　48.00元

目录

contents

第一章

意外的对话

一天晚上，一家人正围坐在餐桌旁吃晚餐。突然，爸问道："罗兰，你有没有想过去镇上找一份工作？"罗兰惊讶得一句话也说不出来，其他人也都愣住了，一言不发。格蕾丝那漂亮的蓝眼睛注视着自己的锡杯子，卡琳停止了吃面包，玛丽拿着的叉子悬在空中。妈正在给爸斟茶，茶水差点儿溢出来，她慌张地把茶壶放到桌上。

"查尔斯，你说什么？"妈问。

"卡洛琳，我只是问问罗兰愿不愿意到镇上去工作。"爸回答。

"是女孩子能干的工作吗？要去镇里吗？"妈追问，"究竟是什么工作？"接着，她又急忙说："不行，肯定不行。查尔斯，我不同意罗兰去旅馆工作，和那些陌生人混在一起！"

"我什么时候说去旅馆工作啦？"爸大声地说道，"只要我还有一口气，就不能让她们去做那样的工作。"

"当然啦，我知道你肯定不会让她去的，"妈有点儿不好意思地说道，"只是我被你的话吓了一跳。镇上还有什么其他工作吗？罗兰的年龄还不够去当老师啊！"

　　一直到爸开始解释为止，罗兰还在心里不停地想着：现在正是春暖花开的日子，一家人在放领地忙碌快乐地生活，多美好啊！罗兰永远都不想改变这样的生活方式，她可不想到镇上去工作。

第二章
春天来了

去年十月那场暴风雪之后，罗兰一家人便搬到了小镇上，罗兰在镇上的学校里上学。可就在那段时间，暴风雪肆虐，为了孩子们的安全，学校就暂时停课了。那个冬天非常漫长，暴风雪似乎一刻也没有停息，大家都关门闭户，待在房子里不外出，邻里之间失去了联系。屋外除了暴风雪咆哮的声音，根本听不到人说话的声音，也看不到远处有一点儿亮光。

整个冬天，罗兰和家人备受饥饿的摧残与严寒的侵袭。大家一起挤在小小的厨房里，不停地把干草拧成草棒，来维持火炉里微弱的火光。他们用咖啡研磨机把小麦粒磨成麦粉，用来做面包。

在那漫长的冬日里，他们心中唯一的愿望就是冬天尽快结束，暴风雪早点儿停止。他们相信温暖的阳光会再次洒满大地，到那时，他们就可以离开小镇，搬到放领地去了。

春天终于来啦！草原在阳光的照耀下暖意融融，根本看不出它曾在寒冬里承受了那么多场可怕的暴风雪。罗兰一家人又回到放领地了，简直没有比这更美好的事情了！罗兰喜欢在草原上漫步，沐浴着温暖的阳光，任柔柔的春风轻吻自己的脸颊，这让她感到莫大的幸福。

　　每天黎明时分，罗兰会提着水桶去沼泽边的水井打水，这时太阳会带着万道霞光喷薄而出。停歇在湿漉漉的草地上的鸟，欢快地歌唱着飞向天空。可爱的小野兔跳来跳去，一边用明亮的大眼睛警惕地四处张望，一边津津有味地咬着嫩草尖，时而抽动几下长长的耳朵。

　　打水回来，罗兰放下水桶，又提着牛奶桶出门了。她快步跑到小山坡上，看到母牛艾伦正悠闲地啃着嫩草。罗兰蹲在艾伦身边开始挤奶，艾伦乖乖地站着，一动不动，慢悠悠地反刍着胃里的食物。

　　牛奶像潺潺的小溪一般流进木桶中，激起白花花的奶沫，奶香四溢，似乎掺杂着春天般的芬芳。草地上的露水还没有干，罗兰光着脚踩在沾着露水的草地上，脚下有一种冰凉、湿润的感觉。暖洋洋的阳光照着她，艾伦热乎乎的肚皮紧贴着罗兰的脸颊，这让罗兰感到非常温热。不远处的短木上系着艾伦的小牛，小牛哞哞地叫着，艾伦也哞哞地叫了两声，好像在安慰孩子别吵闹。

　　挤完牛奶后，罗兰把牛奶桶提回屋子。妈在小牛的奶桶里倒了一些鲜奶，随后用一块干净的白布把剩下的奶过滤到铁皮奶罐里。罗兰小心翼翼地把牛奶罐抱到地下室。紧接着，妈又把捞过奶油后剩下的牛奶再次倒进了小牛的奶桶里，罗兰提起牛奶桶，放到饿得哞哞直叫的小牛身旁。

　　要教会小牛用桶喝牛奶可不容易，但是非常有意思。小牛的四条腿晃悠悠的，站立不稳。它以为要拱奶桶才能喝到奶，所以每次一闻到香喷喷的牛奶，它就去撞奶桶。

　　罗兰只能尽量不让小牛拱翻奶桶，还得想办法教会它喝奶，小牛原来的习惯是很难改掉的。罗兰伸出一根手指蘸了一点儿牛奶，然后把手指放到小牛的嘴边，让小牛舔舔，接着再慢慢地把小牛引向奶桶。小牛不小心把牛奶吸进了鼻子里，被呛得打了个喷嚏，把牛奶都喷出来了。小牛用力抵着奶桶，幸亏罗兰正扶着桶，不过牛奶还是洒出来一些，一些牛奶洒在小牛头上，溅了罗兰一身。

罗兰只好耐着性子再重新教它。她又在手指上蘸上奶，让小牛舔她的手指，然后耐心地引导着小牛在桶里喝奶，尽量不让牛奶从桶里洒出来。就这样，小牛多多少少喝到了一些牛奶。

罗兰拔起拴牛的铁桩，将艾伦和小牛牵到长满嫩草的地方，再钉好铁桩。这时，太阳已经高高地挂在蔚蓝色的空中，微风轻轻吹拂着，大地上成片的嫩草随风起伏。

"回来吃早餐吧！"妈在远处呼唤着罗兰。

罗兰回到屋里，赶紧用清水洗了洗脸和手，然后把洗脸水泼到外面，水在空中划出一道优美的弧线。罗兰知道，在阳光的照射之下，这些水很快会蒸发掉。她拿起梳子开始梳头，从头顶梳到发梢。在吃早饭之前，她根本没有时间好好梳头，只有早上的事情都忙完了才能重新编辫子。

罗兰坐在玛丽旁边的座位上，眼前是红白格子的桌布和闪闪发亮的餐具。对面坐着卡琳和格蕾丝，她俩刚刚用香皂洗完脸，大眼睛正忽闪忽闪地看着姐姐。爸妈的脸上也绽放着笑容。阵阵清爽的微风从敞开的门窗吹了进来，令人神清气爽。罗兰轻轻地叹了一口气。

爸看了看罗兰，能体会到女儿此时的感受。"今天天气真不错啊。"他说。

"是啊，多么美好的一个清晨啊！"妈赞同着。

吃完早餐，爸给山姆和大卫套上犁，赶着它们到小屋东边的草原上去，准备在那里开垦土地，种上玉米。妈负责给她们分派当天的家务活儿，罗兰最喜欢听到妈说："我得去菜园子干活儿啦。"

玛丽总是积极主动地承担起家里所有的家务活儿，这样一来，罗兰就可以去菜园子帮妈的忙。猩红热夺走了玛丽的光明，不过在失明之前，玛丽也不太愿意在外面风吹日晒。她开心地说："我可以用手指代替眼睛干些活儿，要是出去的话，我可分不清豆苗和野草有什么区别，但是在家里我可以轻松地洗净餐具，整理床铺，还能照顾格蕾丝。"

卡琳也10岁了，虽然个子还不够高，但她觉得自己是大孩子了，能帮助玛丽做一些家务活儿。因此，妈和罗兰就可以放心地去菜园子里干活儿了。

现在，一批又一批的人从东部迁到这儿，在草原的各个地方定居下来。他们在放领地的东边、南边，甚至是大沼泽前面的西侧，盖起了新的小棚屋。一连很多天，总会有马车越过沼泽的狭窄地区，朝北方的小镇驶去，不过没过多久又会回来。妈说，等着春天的农活儿忙完了，就可以去拜访他们。现在正处在农忙时节，大家都抽不出身来。

爸买了一副新犁。犁头前面有一个锋利的轮子，也就是旋转犁刀。犁地的时候，犁刀会将大而坚硬的土块切开，接着把切过的土块堆起来，再统一翻整。所有的土块都差不多十二英尺①宽，就像是用手切开的一样笔直。

全家人对于这个新犁都很满意，因为它可以大大地节约劳动力。山姆和大卫完成了一天的工作，惬意地躺在地上打滚儿，放松一下筋骨，动动耳朵，有兴致的时候还会东瞧瞧、西看看，然后才

---

① 1英尺 =0.3048米。

开始吃草。这一切和过去形成了鲜明的对比，以前没有这个新犁，每次耕地回来，山姆和大卫都是一副精疲力竭的样子。不光是它们两个，连爸也一样。吃晚饭的时候，爸甚至有兴致边吃晚饭边跟大家开玩笑了。

"瞧啊，这副犁简直可以自己犁地呢。"爸感叹道，"这样的新发明让人轻松多啦！没准儿哪天晚上，这副新犁自己就跑到地里去干活了，等到第二天早上我们一觉醒来，也许会惊喜地发现它已经犁了一两亩土地呢。"

那些被切成细条状的土块躺在耕地表面，土块中到处是被切断的草根。光着脚踩在新犁出来的土地上，真是又清凉又柔软。卡琳和格蕾丝总是喜欢追在犁的后面玩耍。罗兰只是微笑着看着妹妹们玩，她快15岁了，再也不能由着性子在田里嬉戏了。而且，她下午还要陪玛丽晒太阳呢。

每天上午的活儿干完之后，罗兰都会带着玛丽去草地上走一走。这时，花朵怒放着，争奇斗艳，而不时飘过的白云则在绿草茵茵的草原上投下大大小小或浓或淡的影子。

小时候，作为姐姐的玛丽经常大声地指挥罗兰干这干那。可现在她们都长大了，仿佛忘却了年龄的差别，变成了亲密无间的朋友。这种变化真是奇怪。在温暖的阳光下，在清新的微风中，她们喜欢一起走到很远的地方，一起采摘紫罗兰和金凤花，还会嚼嚼浆汁丰富的草，一路享受着草原带给她们的一切美好的风景。

"嚼着这种草有一种春天的味道。"罗兰说。

"我觉得它似乎更像是柠檬的味道。"玛丽温柔地纠正道。

每次吃浆草之前，玛丽都会问："上面没有虫子吧？罗兰，你仔细看了吗？"

"当然不会有虫子呀，"罗兰不屑一顾地说，"这儿的环境多好啊！哪儿也比不上这片草原干净呢！"

"不管怎样，你还是应该仔细看看，"玛丽笑着说，"我可不想把这里唯一的虫子吞进肚子里！"

姐妹俩开怀大笑。玛丽现在变得特别开朗，时不时地说一些挺有趣的笑话。她戴着遮阳帽，神色那么安详，蓝色的眼睛看上去清澈见底，说起话来的声调也充满了快乐，完全不像一个失明的人。

一直以来，玛丽都是一个乖巧懂事的女孩，有时候乖巧得让罗兰都无法忍受。还好玛丽现在不那样了。有一次，罗兰与她谈起了这一点。

"你干吗总是那么乖呢？"罗兰说，"你这样让我觉得你很刻意，我看着就很生气，恨不得打你一耳光。但是，现在，你没有再刻意去做什么，就已经是一个标准的好女孩了。"

玛丽停住了脚步，惊讶地问道："你现在还想打我吗？你说得好吓人啊！"

"当然不会！"罗兰真诚地说。

"真的吗？难道是因为我失明了才对我这么好吗？"

"不！不是你说的那样！玛丽，我几乎总是忘记你的眼睛看不见。我一直都为能有你这样的姐姐而感到骄傲，我也想跟你一样好，可是我想我永远也做不到。"罗兰轻轻地叹了一口气，"哎呀，玛丽，你怎么能这么乖巧呢？"

"我并不是真的乖，"玛丽说，"我只是想尽力做一个乖巧的女孩罢了。不过你如果知道有时候我的内心有多么叛逆或者不好的想法，也许你就不会想向我学习了。"

"我能知道你心里的想法，这从你的脸上就可以看得一清二楚。"罗兰说，"你总是那么有耐心，一点儿不好的想法都没有呢。"

"现在我能够理解你为什么想打我了，"玛丽说，"因为我其实很虚伪，明明不是乖孩子，却假装表现得很乖。唉，我真该挨耳光。"

玛丽这番话让罗兰觉得有点儿意外。她突然觉得自己其实一直都是这样认为的。不过，玛丽并不是这样的人。她赶紧说："不，别那样说。你怎么会是虚伪的人呢？你真的是个好姑娘！"

"人生在世必遇患难，如同火星飞腾。"玛丽引用了《圣经》上的一句话，"但是这没什么关系。"

"这是什么意思？"罗兰大声问。

"好了，我的意思是，我们其实不用总去思考自己是好人还是坏人。"玛丽解释说。

"难道不去想这些的人会自然而然就成为一个好人吗？"罗兰疑惑地问道。

"我确实不知道怎样将自己内心的感受说出来，"玛丽承认道，"我只是觉得我们不用总是去想这些，只要心里明白就行了。"

姐妹俩静静地站在那儿。如果罗兰不挽着玛丽的手臂扶着她走，玛丽是不敢迈出步子的。广阔无垠的蓝天上飘过朵朵白云，微风轻轻地吹拂着，草原上那些绿草鲜花被吹得起伏荡漾。玛丽就这样站在大草原上，这像画一样美的风景，她却一点儿也看不到。每个人都坚信上帝永远是善良的，不过罗兰觉得玛丽一定是以某种特别的方式来坚信着这一点。

"罗兰，怎么不走啦？我闻不到紫罗兰的香味啦！"

"这一路光顾着和你聊天，都快到水牛坑旁边了。"罗兰说，"我们往回走吧。"

转过头来，罗兰看到低低的草坡一直从大沼泽旁边高低不平的草地蔓延到小小的棚屋。从这里放眼看去，小屋只有半个倾斜的屋顶。牛棚在一片又一片的草丛间若隐若现。再往前看，艾伦正带着它的两只小牛吃草，而爸在东边那片刚耕完的土地里播种着玉米。

趁着新翻过的土地还有些潮湿，爸尽力把犁开的土块都打碎了。他已经把去年翻过的土地耙松，撒上了燕麦种子。现在他正背着一袋玉米种子，手里拿着锄头，在开垦过的田地里慢慢撒着。

"爸种玉米呢。"罗兰跟玛丽说，"现在已经到了水牛坑旁边了，我们绕过去吧。"

"我知道。"玛丽说。玛丽和罗兰在那里站着，深深地嗅着甜甜的紫罗兰香气。水牛坑就是大草原中凹进去的圆形凹地，有三四英尺深，就像一个碟子，里面盛满了成千上万的紫罗兰，簇拥在一起，把叶子都遮盖住了。

玛丽情不自禁地蹲在花丛中用力地呼吸着。她轻轻触碰着一片片花瓣，把手伸到纤细的花茎下，摘下了几束。

她们就这样慢慢地走着，到了爸身边。爸也和她们一样，正在尽情地享受着紫罗兰的芬芳。"姑娘们，散步还愉快吧？"爸笑着问道，手里的活儿可没耽误。他用锄头挖松泥土，刨个小坑，丢进四颗玉米种子，再用锄头拨上些浮土盖上，用脚踩一踩，然后走到下一处去播种。

卡琳飞快地跑过来，把鼻子埋进了紫罗兰花丛中。她原本是负责照顾小格蕾丝的，可格蕾丝只喜欢跟着爸到田里玩。爸用锄头翻出土后，她就弯下小小的身子，翻看土里有没有蚯蚓。如果土里蠕动着肥胖的蚯蚓，格蕾丝就会高兴地一边跳一边笑。

"爸，看哪，蚯蚓已经断了，为什么它还是会钻进土里呢？"格蕾丝好奇地问道。

"也许它特别希望回到土里去吧。"爸说。

"为什么呢，爸？"格蕾丝继续问道。

"它就是想回去。"爸说。

"为什么想回去呢，爸？"

"你在泥地里玩又是为什么呢？"爸反问道。

"到底是为什么呢，爸？"格蕾丝继续追问道，"你往坑里放了几颗玉米，爸？"

"是玉米种子。"爸回答，"四粒玉米种子，一、二、三、四。"

"一、二、四？为什么是四颗种子呢？"格蕾丝笑着问道。

"这个问题非常简单，爸教你一首民谣吧。"然后他笑着唱，"一粒给乌鸦，一粒给黑鸟，剩下的两粒，让它们发芽。"

菜园里长满了各式各样的蔬菜，萝卜、莴苣、洋葱和很多叫不上名的蔬菜都发芽了，给整个菜地披上了深深浅浅的绿装。豌豆苗的嫩叶已经长出来了，西红柿的幼苗直直地挺着细茎，花边似的叶子向外舒展开来。

"松松土，它们才会长得快些。"妈说。罗兰把一大束紫罗兰插进杯子里，屋子里香气弥漫。"天气已经暖和了，大豆随时都会发芽的。"

就在一个暖洋洋的早晨，那些大豆苗一下子从泥土里钻出了脑袋。格蕾丝一发现大豆发芽了，就尖叫着跑回屋告诉了妈。然后整个上午，她就寸步不离地守着大豆苗，哪儿也不去。豆子一个个从光秃秃的泥地里伸出头来，随后是纤细的茎，最后出现在阳光下面的是裂成两半的豆瓣。每当看到一个豆子破土而出，格蕾丝就会大声尖叫。

种完玉米，爸开始把没盖好的另一半小木屋盖起来。这时，罗兰就成了爸的小助手。一天早上，爸要在横梁上做框架。罗兰帮爸把框架扶起来，让它按铅垂线笔直地立着，爸用钉子把框架钉牢，然后竖起墙间柱，装上两扇窗框。最后，在只有一面的屋顶加了椽子，这样一来，三角屋顶就搭建起来了。

罗兰一直跟着爸忙活，卡琳和格蕾丝就在旁边看着他们，或者去捡那些不小心掉在地上的钉子。妈也会偶尔放下手中的活儿，过来看看。眼瞅着半边小屋变成一座完整的房子，大家都激动不已。

新建成的小木屋有三个房间，后盖起来的地方被爸分隔成了两间卧室，并且各有一扇大窗户，现在再也不用睡在客厅了。

"太好了！"妈说，"现在我们可以把春季大扫除和重新摆放家具一起做了。"

她们先是把所有的窗帘和被单都洗了一遍，然后晾到了外面的太阳下面。接着，她们把窗户擦得锃亮。玛丽用两块旧床单做成了两个窗帘，还用细细的针脚缝上了花边，看上去特别漂亮。妈把新窗帘挂了起来，然后和罗兰在新木板隔出来的房间里铺床。罗兰和卡琳挑选最干净的干草，细心地塞进褥套里，再把妈刚刚熨过的床单和散发着青草味的被子铺上。

接下来，妈和罗兰把变成客厅的旧屋子的角落都擦洗得干干净净，曾经横七竖八地挤在这个小屋中的床都被移走了，现在只放炉灶、碗橱、桌椅和搁物架，小屋一下子宽敞多了。当客厅被打扫得一尘不染，每样东西都放好后，大家都开心地打量着房间里的一切。

"你相信吗？罗兰！不用你描述，我自己就能够感受出这间屋子现在肯定变得宽敞明亮了！"玛丽激动地说。

窗子开着，微风吹来，白色的窗帘在风中轻轻摇摆。擦洗得干干净净的木板墙和地板呈浅黄灰色。卡琳把采来的野花插进桌上蓝色的瓶子里，整个房间显得春意盎然。墙角处的搁物架被刷上了褐色的亮漆，又时髦又漂亮。

午后的阳光照进屋子，一片金色投在搁物架上。摆放在搁物架最下层的书籍封皮上的烫金字闪闪发光。往上面一层，摆着三个印花玻璃盒子，反射出好看的光泽。再上一层放着时钟，玻璃钟面上的金色花朵金光闪闪，铜质的钟摆左右摇晃，也是金灿灿的。搁物架的最上层摆放着罗兰的白瓷首饰盒，首饰盒的盖子上放着一套小小的金杯和金碟。卡琳那只小瓷狗蹲在首饰盒边，就像一个忠诚的卫士。

妈在两间卧室之间的隔墙上放置了另一个搁物架，那是很久以前爸在威斯康星大森林送给她的圣诞礼物。搁物架上的每一朵花、每一片叶子、边缘攀着的那些小藤蔓，以及顶上的大星星，都还像爸用小刀雕刻出来的时候一样完美。搁物架上有一件比罗兰的年龄还要大的摆设，那就是妈的牧羊女瓷像，她正笑意盈盈地站在那里。

这个家现在是多么漂亮啊！

第三章
养一只猫

一行行玉米吐出嫩绿的新芽，在被耕耘过的土地上整齐地排列着，像丝带的末端在风中飘荡。一天黄昏，爸像往常一样到地里去看庄稼的长势，回来时看起来又累又气。

"一多半的玉米要重新播种了！"他说。

"为什么要重新播种？出什么事啦？"罗兰焦急地问道。

"田鼠把苗子都啃坏了。"爸无奈地说着，"唉，据说在新开垦的土地上遇到这种情况是不可避免的。"

格蕾丝抱着爸的腿。爸把她抱到腿上，用硬硬的胡子茬儿贴着她嫩嫩的小脸蛋，格蕾丝咯咯地笑着，唱起了歌谣："一粒给乌鸦，一粒给黑鸟，剩下的两粒，让它们发芽。"

"这是东部的居民们传唱过来的，我们到了这儿，要编自己的歌谣。格蕾丝，听听这么唱怎么样。"爸说，"一粒给田鼠，第二粒也给田鼠，第三粒还给田鼠，最后一粒就留着在田地里生长吧。"

"哎，查尔斯。"其实妈并不觉得这首歌谣编得多好，不过她被爸那副调皮的样子逗得大笑起来。

那些田鼠的反应真是灵敏得让人惊讶，爸刚把玉米种下去，那些田鼠就找到了它们。它们在地里四处乱窜，不时停下来用小爪子刨开下种的地方。它们竟然可以准确地知道玉米种子埋在什么地方，这真是让人匪夷所思。

这些小家伙蹦来蹦去，敏捷地刨着土，然后就大大方方地坐在地上，用自己的小爪子一个接一个地抓着吃。它们能吃掉田里的大半种子，让人们不禁感叹它们是如何做到的。

"得想办法赶走这帮坏蛋！"爸忿忿地说，"要是我们能养一只猫就好了，像咱家的黑猫索珊那样厉害的猫，田鼠绝对不敢来。"

"你说得对，确实得养一只猫了。"妈表示赞同，"其实屋子里也有老鼠，碗橱里的食物必须要用东西盖起来才行。查尔斯，到哪儿能找到这样一只猫呢？"

"这个地方一只猫也没有。"爸回答，"镇里那些商店的老板都说老鼠太多了，维马兹也要从东部弄一只猫过来。"

当天半夜，罗兰睡得正香，突然被一阵奇怪的声音惊醒了，在卧室隔间的墙壁附近，有喘息声，还有什么小东西摔到地上的声音。她听到妈说："查尔斯，你怎么啦？"

"做了个梦，"爸小声回答，"梦见有人给我剪头发呢！"

此时正是午夜，一家人都在熟睡，妈便压低声音说："这种梦有什么好怕的，快睡吧，把被子给我点儿。"

"我明明听到剪刀咔嚓咔嚓地响啊！"爸说。

"好了好了，孩子们都睡着呢，你也快点儿睡吧！"妈打着哈欠说。

"确实有人在剪我头发啊！"爸重复了一遍。

"一个梦能把你搞得这样？"妈又打了一个哈欠，"快躺下，翻个身，换个舒服的姿势，你就不会再做奇怪的梦了。"

"卡洛琳，我的头发真被剪掉了。"爸又说。

"什么意思？"妈似乎察觉到了什么，一下子精神了很多。

"我给你说，"爸说，"我睡着的时候，我伸手摸了一下……就在这儿，你摸摸。"

"查尔斯！你的头发真的没了！"妈惊叫起来。接着，罗兰听见妈起身的声音，"我摸到了。"

"对，就是那儿。"爸说，"我刚才做梦，不知不觉把手放在那里之后……"

妈打断他的话说："大约有手掌大那么一片头发没了。"

"我当时顺手一抓，"爸说，"好像抓住了什么东西！"

"什么，你抓住了什么？"妈问。

"我想，"爸说，"我想是一只老鼠。"

"它在哪儿？"妈尖叫起来。

"我不知道，我使劲儿地扔了出去。"爸说。

"天啊！"妈惊恐地说，"一定是那只老鼠，准备拿你的头发去做窝呢。"

过了一会儿，爸说："卡洛琳，我想……"

"别想了，查尔斯。"妈小声安慰着。

"是啊，我也不能一晚上不睡觉，看着这群讨厌的老鼠啊。"

"唉，我们有只猫就好啦！"妈又无奈地说了一句。

第二天早晨，大家在卧室的墙角发现一只死老鼠，很显然是昨天晚上被爸扔到墙上撞死的。爸的头上少了一撮头发，就是那老鼠干的坏事。

爸本来并不在意这一切，但是爸就要去县委开会了，而那时爸的头发根本就不可能长出来。这个村子发展得太快了，现在已经形成了一个县，爸得去帮忙。因为他是这片地区最早期的移民，这是他应尽的责任。

会议的地址在小镇东北部四英里左右怀特家的放领地，怀特太太必然也要参加会议的，而出于礼貌，爸不能一直戴着帽子。

"不要紧，"妈安慰他说，"你直接告诉他们事情的真相就行啦，他们家说不定也有老鼠呢。"

"开会要讨论的大事可比这个重要得多。"爸说，"我看索性就跟他们说这是你给我剪的好了。"

"天哪，查尔斯，你可别这么说！"妈着急地说。过了一会儿，妈才反应过来爸是在跟她开玩笑呢。

吃过早饭，爸赶着马车出发了，并交代妈中午不用等他回来吃饭。这一趟来回要十英里呢。

已经到了晚饭的时间，爸才回到家，他还没来得及把马拴好，就匆匆往屋子这边跑过来，差一点儿和出去迎他的卡琳和格蕾丝撞上。

"卡琳！格蕾丝！"爸兴奋地喊道，"猜猜看，我给你们带了什么？"说罢，他故意把手藏在口袋中，眼睛里闪着快乐的光芒。

"糖果！"卡琳和格蕾丝异口同声地说道。

"哦，不，这个比糖果好得多！"爸说。

"信？"妈问。

"报纸？"玛丽也猜测道，"是不是《前进报》？"

罗兰盯着爸的口袋，发现里面有什么东西在动，那一定不是爸的手。

"先给玛丽看看！"爸对其他人说。接着，他从口袋里掏出一只毛茸茸的小家伙，原来是一只灰白相间的小猫咪。

　　爸把小猫轻轻地放到玛丽的手上。玛丽小心地用手抚摸着小猫柔软的毛，又摸了摸它的小耳朵、小鼻子还有小爪子。

　　"是小猫！"玛丽欣喜地说，"好小的猫咪啊！"

　　"它的眼睛还没睁开呢。"罗兰跟玛丽说，"胎毛是烟雾一样的灰色，脸、胸脯、爪子和尾巴尖的毛都是白色的。它的爪子太小了，是我见过最小的。"

　　"是啊，它现在还在吃奶呢，应该跟猫妈妈待在一起。"爸说，"可是机会难得，我不得不马上把它抱回来，否则过几天就会被别人抱走。怀特家有一只大猫，是怀特先生托人从东部带回来的。它最近生了五只小猫，今天就连卖了四只，每只卖五角钱。"

　　"这小猫也是你花五角钱买的吗？"罗兰吃惊地问道。

　　"是啊，花了五角钱。"爸回答说。

　　"我不怪你，查尔斯。这钱花得值，家里确实需要一只猫。"妈急忙说道。

　　"可是，我们能养活这么小的猫吗？"玛丽担忧地问。

　　"当然能。"妈信心十足地说，"只要我们平时规律地喂它，小心地清洗它的眼睛，让它保持暖和。罗兰，你去找一只小盒子，再从碎布袋子里挑几块柔软的碎布垫到盒子里。"

　　罗兰把小猫放到用盒子做成的小窝里，妈热了一些牛奶来喂它。她们站在旁边，看着妈把小猫捧在手心里，用一只小汤匙一滴一滴地喂它喝牛奶。小猫伸出小爪子抱住小汤匙，粉红色的小嘴一口一口地把热牛奶吸进嘴里，不过有一些牛奶顺着它的下巴流了下来。小猫喝饱了，妈把它放回小窝里。玛丽用手轻轻地抚摸着小猫咪，它不一会儿就睡着了。

　　"都说猫有九条命，它肯定能活得好好的。"妈说，"你们看着吧。"

第四章
幸福的日子

　　陆陆续续有不少人来到这个小镇拓荒，并且火速地搭建起了一幢幢房屋，小镇正在迅速扩建。一天傍晚，爸妈去镇上帮忙组织教会。没过多久，教堂的地基就打好了。不过修建教会的木匠不够，因此爸主动帮忙承担起了木匠活儿。

　　每天早餐后，爸做完杂活儿，便提着饭盒步行到小镇去了。爸早上七点就开始干活儿，中午休息时间很短，一直干到晚上六点半，才步行赶回家跟大家一起吃晚饭。这样下来，爸一周可以挣上十五元。

　　这是一段让人特别愉快的时光。菜园子的蔬菜茁壮成长，玉米和燕麦长势喜人。小牛犊已经断奶了，多余的牛奶就可以用来做白色干酪，奶油可以用来做黄油和酸奶。还不止这些，爸能够挣很多钱同样让人兴奋。

　　罗兰在菜园里干活儿时总是想着玛丽去盲人学校上学的事情。两年前，一家人听说在爱荷华州有一所盲人学校，从那时起，让玛丽去那里上大学成了全家人日思夜想的大事，甚至在梦里都祈祷着这一天可以早点儿到来。玛丽失明后，最让她痛苦的就是无法念书了。玛丽喜欢学习，曾经梦想当一名老师，可现在她永远也无法实现这个梦想了。罗兰不想当老师，可是从目前来看，她却不得不当老师了，只有这样，她才能赚足供玛丽去盲人学校读书的钱。

"没关系，"她一边锄地一边想，"我眼睛好好的，看得见，为玛丽牺牲一下也应该。"对于她来说，只要轻轻地抬起头，就能看到绵延几英里的草地在风中起伏，还可以看到远处的天际线、蓝色的天空中飘浮着的朵朵白云、飞翔的小鸟以及正在吃草的艾伦和小牛犊。美景尽收罗兰的眼底，可玛丽的眼前却只有一片漆黑。

虽然她知道让玛丽进入盲人学校读书是一件很困难的事情，可她还是由衷地希望玛丽能在这个秋天梦想成真。爸现在挣了很多钱。如果玛丽现在就去盲人学校读书，自己肯定会加倍努力、勤奋学习，等到年满十六岁就去教书，这样自己的工资就足够供玛丽在盲人学校里学习了。

一家人都该购置衣服和鞋子了，爸挣的钱都拿去买面粉、糖、茶和腌肉了。盖另一半小屋时也花了不少钱。冬天临近，需要提前购买木炭，还有税金很快也要交了。幸亏他们今年有了菜园，种了玉米和燕麦。等到后年，他们种下的东西差不多就够吃了，基本上能做到自给自足。

他们要是能喂几只鸡，养一头猪的话，就可以吃肉啦。这里的土地几乎都被开垦了，没有野生动物出没。要是想吃肉，就得花钱买，或者自己养。或许明年爸就可以把鸡和猪买回来，因为有很多移民带来了这些动物。

有一天，爸回家的时候非常兴奋。

"卡洛琳，姑娘们，我有个好消息要告诉你们，猜猜看是什么？"他兴高采烈地说，"今天，我在镇上碰到了波斯特，他告诉我，波斯特太太说她要替我们孵一窝小鸡出来！"

"太好了，查尔斯！"妈非常激动。

"等小鸡能自己觅食之后，他就把整窝小鸡给我们送来。"爸说。

"查尔斯，这简直太好啦。波斯特太太真慷慨。"妈感激地说，"她还好吗？波斯特先生说了吗？"

"他说他们的日子过得非常幸福。波斯特太太现在很忙，今年春天一直没有时间到镇上来转转，不过她心里一直惦记着你呢。"

"整整一窝小鸡啊！"妈说，"谁还会像她这么大方啊！"

"他们刚结婚不久，就来到了这儿，在暴风雪中迷了路，而我们是四十英里内唯一的一家人，你待他们是那么热情友善，他们一直都没有忘。"爸说道，"波斯特经常提起这件事。"

"哎，那算不上什么。他们要送给我们整整一窝小鸡啊，这样一来，可以帮咱们节省一年的时间。"妈说。

只要那些小鸡不被老鹰、黄鼠狼和狐狸吃了的话，夏天就会长大。等来年，小母鸡就可以下蛋，然后再孵蛋。到后年，公鸡就可以用来做炸鸡，母鸡用来下蛋，孵化小鸡，鸡的数量会越来越多。到那时，全家人就能吃上鸡蛋啦。等母鸡老了，不能下蛋了，就可以做成鸡肉馅饼。

"明年春天爸要是能买一头小猪回来就好啦。"玛丽设想着，"过几年，我们就可以吃上火腿、煎蛋，还能吃上猪油、香肠、排骨和猪头肉糕啦。"

"格蕾丝还能烤猪尾巴呢。"卡琳补充说。

"什么？"格蕾丝好奇地问，"猪尾巴是什么？"

卡琳仍然清晰地记得杀猪的场面，但格蕾丝完全不知道。她没见过在炉灶上烤剥了皮的猪尾巴，没见过刚出锅的脆脆的美味多汁的小排骨，更没见过蓝色大盘子里装着香气扑鼻的香肠。可怜的小格蕾丝自打出生，就没有享受过妈用肉汁浇过的烤薄饼的美味。她的记忆里只有放领地的小屋，爸偶尔买回来的腌猪肉是她所有关于肉的记忆。

不管怎么说，他们的幸福生活会再一次来临，他们总会再次吃到这些美食。

现在，他们要做的事太多，但因为对未来有那么多的憧憬，日子也过得飞快。大家都非常忙碌，白天的时候，她们几乎都没有时间去想爸。等到晚上，爸从镇上回来之后，就会给大家带回镇上的消息，她们也一样，有许多话要跟爸说。

一次，大家把一件激动的事留到最后讲给爸听，她们相信爸肯定会觉得非常惊讶。事情是这样的：

这天早晨，罗兰和卡琳正在清洗碗盘，妈在整理床铺，她们突然听到小猫的尖叫声。小猫的眼睛能睁开之后，经常在地板上来回跑。格蕾丝用一根线拖着小纸团逗着小猫，小猫追着纸团，玩得非常开心。

"格蕾丝，小心！"玛丽喊道，"不要弄伤小猫。"

"我没有啊！"格蕾丝急忙说。

还没等玛丽再说一句话，小猫又尖叫了一声。

"格蕾丝，别胡闹！"妈在卧室里说，"你是不是踩到小猫了？"

"没有啊，妈！"格蕾丝说。听到小猫不停地尖叫，罗兰赶紧放下了手中的活儿，转过身来。

"别捣乱了，格蕾丝！你对小猫做什么了？"

"我没有做什么！"格蕾丝急得哭了起来，"我找不到它啦。"

不知道小猫跑到哪儿去了。卡琳开始在炉灶下面和木箱底下找，格蕾丝也钻到了桌子底下去查看。妈检查了搁物架最底层的架子下面，罗兰则跑到两间卧室里，每个角落找了一遍。

这时，又传来了小猫的尖叫声，这下妈发现了，原来它就在敞开着的门后呢。就在门和墙之间，小猫正死死地抓着一只老鼠。这只老鼠的个头大小都快赶上小猫啦，显然已经成年。老鼠拼命地挣扎，胡乱地咬着。它每咬小猫一口，小猫就尖叫起来，即便这样，小猫仍然紧抓着老鼠不放。小猫的腿绷得紧紧的，用牙齿死死地咬着老鼠。但是它的小细腿太柔弱了，几乎站不稳。老鼠一次又一次地咬着它。

妈赶紧拿来了一把扫帚："罗兰，赶快把猫抱走，我来对付这只老鼠。"

罗兰当然得听妈的话，可她忍不住说："其实我们不必这么做，它在努力呢，就让它与老鼠斗争到底吧！"

罗兰正打算把小猫抱走，小猫突然用力跳到了老鼠身上，两只前爪紧紧地压着老鼠，老鼠又咬了它一口，小猫又尖叫了一声。这时，小猫张开小嘴，对准老鼠的脖子狠狠地咬了下去，老鼠吱吱叫了几声，接着躺在那儿一动不动了。小猫凭借自己的力量成功地制服了它生命中的第一只老鼠。

"真是太精彩了！"妈说，"第一次看到这样的猫鼠大战！"

如果猫妈妈在旁边的话，这只小猫或许会让猫妈妈给它舔舔伤口，再冲猫妈妈撒撒娇。而此时，则是妈小心地给小猫清洗着伤口，又喂了它一些热牛奶。卡琳在一旁抚摸着它的鼻子和毛茸茸的脑袋。在玛丽温暖的手掌中，小猫慢慢地睡着了。格蕾丝手里拎着死老鼠的尾巴，把它扔得远远的。她们都很兴奋，焦急地等着爸回家，好跟他讲述这个神奇的故事。

爸回来后洗了手和脸，梳好头发，坐下来吃晚饭。罗兰先是给爸汇报了今天一些家务事的情况，比如她已经给那几匹马、艾伦和小牛喂了水，还把拴绳子的木桩挪了位置。随着天气转暖，夜晚也不太冷了，没必要再把这些牲畜们圈在马厩旁边。它们可以在星空下睡觉，醒来后随时吃草。

是时候跟爸讲述小猫的精彩故事啦。

听她们讲完，爸感叹说他从来没听说过这种事。他看了小猫一眼，小猫正翘着细细的尾巴，在地板上小心翼翼地走着。爸说："这只小猫将来肯定会成为这一带声名显赫的捕鼠能手！"

一天的时间很快就过去了，所有人都过得特别开心。除了晚饭的碟子还没洗，今天已经没什么活儿了。此刻，大家聚在一起，尽情地享用着香喷喷的面包和黄油、炸土豆、松软的乳酪以及蘸了醋和糖的莴苣。

透过敞开的门窗，大草原静谧的夜晚呈现在眼前，天空依然泛着白色，几颗星星顽皮地眨着眼睛。风轻轻吹来，也搅动了屋子里的空气。在炉火的烘烤中，大草原特有的芬芳之中夹杂着食物、茶水和肥皂的气味，还有卧室里的新木板散发出的淡淡的木香味。

大家都感到心满意足，在他们看来，最让他们感到踏实和快乐的莫过于明天会像今天一样让人感到满足，或许会有一些不同，但是一定会和今天一样美好。那么，明天和今天会有什么不同呢？罗兰并不清楚，直到爸问她："你愿意到镇上去工作吗？"

第五章
到镇上工作

一个女孩子到镇上去工作，除了做旅馆服务员还能干什么？谁也想不出来。"克兰西想出了新点子。"爸说。克兰西先生是新搬到这儿来的一个商人，爸正在帮他盖商店。

"这家商店快盖好了，他每天都忙着把各种货物往店里运送，他的岳母也和他们一块儿来到了西部，准备在这儿缝制衬衣来扩大生意。"

"缝制衬衣？"妈吃惊地问。

"没错，放领地上住着很多单身汉。原本克兰西只打算卖布，可是单身汉们买布回去也没有女人能帮他们缝好衣服，所以，他打算在店里做衬衫，这样布料生意也会越来越好。"

"这主意真不错。"妈由衷地感叹。

"那还用说，克兰西这个人啊，想到什么就立马去做！"爸说，"缝纫机都已经买好了。"

"缝纫机？是不是我们在《大西洋》杂志上看到的那种缝纫机？怎么用啊？"妈好奇地问道。

"看着倒是不难，"爸回答，"用脚踩踏板，轮子就会转动，缝衣针就上下移动。针的下面有一个小小的机械装置，上面缠满了线。克兰西那天就给我们示范过一次，缝纫机的轮子转得非常快，缝出来的针脚均匀、细密，你看了肯定满意。"

"缝纫机很贵吧？"妈说。

"一般人家肯定买不起。"爸说，"克兰西买缝纫机是为了赚钱，估计很快就能回本啦。"

"那是肯定的。"妈若有所思地说。罗兰知道妈正在想要是有那么一台机器，得省多少事儿啊。不过话又说回来，就算买得起，如果只是偶尔给家人缝补几件衣服，未免有点儿浪费。

"他是不是想叫罗兰去操作缝纫机啊？"妈接着问。

罗兰一下紧张起来。缝纫机那么贵重，万一弄坏了，家里可赔偿不起。

"不是的，怀特太太自己会使用缝纫机。"爸说，"她想找一个心灵手巧的女孩子来帮忙。"

爸转向罗兰："怀特太太让我帮着找这样一个女孩子。我就告诉她说你会干这些活儿，而且做得很不错，怀特太太很高兴，就想让你过去帮忙。裁缝店还没开业，已经签了好多订单了，怀特太太一个人根本忙不过来。怀特太太说日薪两毛五分钱，中午还管一顿饭。"

罗兰在心里迅速打起了小算盘：这样一周就是一块五毛钱，一个月就可以挣六块钱。如果干得好，怀特太太能让自己干完整个夏天，那她就能挣到十五块钱，甚至二十块钱。这些钱足够玛丽去盲人学校上学啦！

罗兰不喜欢陌生的环境，所以不太想去镇上干活儿。可她一想到能挣不少钱，就改变主意了。因此，她小心翼翼地询问妈："我能去吗？"

妈无奈地说："我不想让你出去干活儿。好在你爸也在镇里工作，能随时照顾着你。你要是真的想去，就去吧。"

"但是，这样你就得一个人做家务了。"罗兰说。

卡琳主动表示可以承担罗兰的那些家务。她不但会叠被、扫地、刷碗，还会拔草呢。妈接着说："玛丽在家里也可以帮忙做很多活儿，而且现在牲口拴在屋外，晚上也没多少家务事要做。"我们会想你的，罗兰。不过，家里的活儿我们肯定能应付好。"

第二天早晨，根本没有多余的时间可浪费，罗兰先提好了水，接着挤了牛奶，随后迅速地洗脸刷牙，麻利地梳了几下头发并用发夹别在了头上。她穿上崭新的印花布裙子、袜子和鞋子，用一条刚熨好的围裙把她的顶针包起来。

罗兰匆匆吃了一点儿早餐，戴上遮阳帽，就赶紧跟着爸走了。他们必须得在七点准时到镇上干活儿。

清晨的空气清新宜人，小鸟在欢唱，白鹭用它细细的长腿蹬地，鸣叫着从沼泽上飞了起来。这样的早晨生机勃勃，美丽迷人，可爸和罗兰没工夫好好欣赏，他们要和太阳赛跑。

太阳越升越高，爸和罗兰还在赶路，他们沿着小路往北走，穿过大草原走到主街的最南边。

小镇变化很大。主街西边整个街区筑起了一座座崭新的棕色松木建筑。在这些建筑物前面，不知道什么时候铺起了一条宽广的人行道。不过罗兰和爸没时间绕过去走走。他们一前一后，沿着狭窄的、尘土飞扬的小路，匆匆忙忙地往前赶。

这一片地区，在爸曾经盖起马厩和小屋的那个年代，无边无际的大草原一直延伸到中央大道跟第二条街的地方。现在，这里盖满了各式各样的房屋和店铺。过了这些新盖的房子，走过空地，他们来到克兰西先生的店铺门前。

店铺里的所有东西全是新的，空气中弥漫着松木刨花的味道。崭新的布匹间似乎还能嗅到糨糊的味道。

在两个长长的柜台后面，两排货架靠墙摆放着，货架上堆放着很多布料，有棉布、印花布、细麻布、印花丝毛料、羊毛呢、法兰绒，还有丝绸，一直摆到了天花板。

店里面没有一点儿食品和五金，也没有鞋帽、工具，整个店里只出售布料。罗兰从来没见过只卖布料的商店。

在她的右手边，有一个玻璃台面的低柜台，里面摆放着五颜六色的纽扣、各式各样的别针和缝衣针。柜台旁边的架子上面摆满了色彩缤纷的线轴。阳光透进玻璃窗，在这一片金色中，那些鲜艳的彩色丝线显得更加耀眼夺目。

窗户旁边的另一个柜台里面有一台崭新的缝纫机。它上面的长针和镍铜部分还有涂过一层油漆的木头都在闪闪发光，一卷白线立在缝纫机黑色的线轴上。罗兰看得有些着迷，但是她知道缝纫机很贵，还是离它远点儿比较好。

此时，克兰西先生正站在两个穿着邋遢的年轻人面前，将几卷花布展开让他们看。一个用宽木梳把头发束起来的高个子胖女人正在把几块报纸大小的印花棉布缝在一起，在缝纫机旁边的柜台上铺开。

爸摘下帽子，向她说了一声："早安！"然后指着罗兰说，"怀特太太，这是我的女儿，罗兰。"

怀特太太拿出嘴里衔着的别针，对罗兰说："希望你是一个干活儿利索的孩子。你会用长针脚缝边，或者开扣眼吗？"

"会的，太太。"罗兰点点头。

"很好，孩子，把帽子挂到墙上的钉子上，开始干活儿吧。"怀特太太说。

爸冲罗兰笑了笑，给她鼓励加油，接着就转身离开了。

罗兰希望自己很快放松下来，最好是在开始工作之前。她挂好遮阳帽，系好围裙，戴上顶针。

怀特太太安排她坐到缝纫机旁的椅子上，递给她一些衬衣布片，让她缝起来。

罗兰把椅子往后拉了一下，这样缝纫机就能把自己遮住一些，不被街上的人看到。她埋下头，开始认真地缝衬衣布片。

怀特太太一直默默地忙碌着。她把纸样别在布上，用一把长剪刀比照着纸样剪着衣服的布块。罗兰每缝好一件衬衣，怀特太太就赶紧再递给她另一件新的来缝。

过了一会儿，怀特太太在缝纫机旁坐下来，用手转动着轮子，双脚快速地踩着下面的踏板。轮子飞速地转动起来，发出嗒嗒嗒的声音，让罗兰觉得脑子里好像钻进一只嗡嗡叫的大黄蜂。轮子飞快地旋转着，而缝衣针也变成了一道亮光。怀特太太那双胖乎乎的手灵活地挪动着缝纫机上面的布料，在针下面迅速地往前推着。

罗兰迅速地给衬衫缝上边线，然后将缝好的衣服放到怀特太太的左手边，再从柜台上拿起另一件继续缝。怀特太太把罗兰缝过的衣服放在缝纫机上缝好，放在自己的右手边。

衬衣的制作工序大概就是这样：罗兰从柜台上拿起衣服粗缝一遍放到一堆，怀特太太再拿起来，使用缝纫机进行加工，最后堆到另外一堆。这样的流程很像是从事铁路工作的工人在大草原上勾勒的圆圈。不过，在这儿，只有罗兰的手在飞快地移动，一刻不停地缝着。

很快，罗兰感觉肩膀、颈椎、后背都疼了，两腿发麻，甚至连胸部也觉得隐隐地闷痛，脑袋里全是机器的轰鸣声。

突然，屋子里安静下来，缝纫机停了下来。"好啦，最后一件完成啦！"怀特太太说道。

可罗兰必须给所有衬衫缝上袖子，此外，柜台上还有一件没有缝过的布料在等着她。

"这件我弄吧。"怀特太太说，"咱们必须赶一赶了。"

"是的，太太。"罗兰回答。她觉得自己应该再快一些，可是她已经竭尽全力了。

这时，店里来了一位身材高大的男人，脸上脏兮兮的，满脸红色胡子茬儿，看样子很长时间都没有刮过了。他嚷嚷着："克兰西，我的衬衣做完了吗？"

"你下午来取吧！"克兰西先生回答。

客人一出门，克兰西先生问怀特太太那个人的衬衣什么时候能做好。怀特太太说："哦，这么多，我可不知道哪一件是他的！"克兰西先生很气愤，粗鲁地骂了一句。

罗兰缩在椅子上，加速缝着手中的衬衫。克兰西先生从那堆衣服中随手拽出几件来，几乎是砸在怀特太太身上。他一边喊一边骂，叫她在吃晚饭前一定得做好，否则他就要查清楚为什么这么慢。

"你最好别在那儿指手画脚！"怀特太太生气了，"不管是你还是住在棚屋的其他爱尔兰人，都没有这个权利！"

克兰西先生还在那里骂骂咧咧的，罗兰一句也没听清，现在她已经干完活儿了，只想出去躲个清静。但是怀特太太说要一起吃午饭，于是，罗兰只好跟着怀特太太走到店铺后面的厨房里，克兰西先生也怒气冲冲地跟了过来。

厨房里又热又挤，十分嘈杂。怀特太太把饭菜摆上桌子，三个小姑娘和一个男孩坐在椅子上不安分地吵闹着。克兰西夫妇和怀特太太扯开嗓门争吵了一会儿，然后又坐下来津津有味地吃饭了。

罗兰听得一头雾水，她弄不清楚克兰西先生是在跟他太太吵呢，还是在跟他岳母吵，同样她也没有搞明白克兰西太太和自己的妈是互相争吵还是齐心协力对付克兰西先生。

他们看起来都怒气冲天。最让罗兰不解的是，即便这样，当克兰西先生说"请把面包递过来""请帮我把杯子加满"时，克兰西太太还是温顺地照办。接着他们又开始大吵大叫。那几个孩子则旁若无人地边吃边闹。罗兰烦透了，什么也吃不下，随便扒拉了几口饭，就离开厨房，继续去干活儿了。

克兰西先生哼着小曲从厨房里走出来，一副怡然自得的样子，仿佛刚刚那些争吵和咆哮完全没有发生过，而是刚刚和家人一起吃了一顿安静而舒适的午餐。他用温和的语气问怀特太太："这堆活儿什么时候干完？"

"两个小时以内绝对干完了。"怀特太太向他保证，"我们两个都在争分夺秒地赶呢。"

罗兰抬头看了看他们，突然想起了妈常说的一句话——这个世界有形形色色的人。

果真，她们用两个小时的时间缝好了这四件衬衫。罗兰负责缝领子。要把衣领好好地缝在衬衣上可不是一件容易的事。怀特太太把粗缝好的衣服放在缝纫机上缝了一遍，然后再把袖口缝在袖子上，把衬衣下摆的窄褶缝好，紧接着缝前襟和袖边。所有的小纽扣都要牢牢地缝上去，最后还得开扣眼。

开扣眼也是个技术活儿。每个扣眼的距离要相等，扣眼的大小要一样。稍不留神，剪多了，扣眼就大了，剪少了，扣眼又会太小。

怀特太太剪好扣眼，罗兰就赶紧用细密的针脚锁好扣眼。她仔细地缝着，争取让每一个扣眼的每一股线头都相同，不留任何缝隙。其实罗兰一点儿也不喜欢锁扣眼，所以手上的动作就更快了，一心想快点儿干完。怀特太太看到了，就夸奖她："你锁扣眼又快又好！比我强多啦！"

四件衬衫做好了，这时离下班还有三个小时。怀特太太又裁剪出几件衬衣布片，罗兰继续缝着。

罗兰还是头一次连续坐这么长时间，她的肩膀、颈椎都很疼，手指被针磨得很粗糙，就连眼睛都是又干又涩，有种模糊的感觉。有两次，她不得不把缝错的线拆掉，重新缝一遍。终于到了下班时间，爸来到了店里，罗兰一下站了起来，忙碌的一天终于结束啦！

夕阳西下，爸和罗兰高兴地往家走。

"宝贝，你第一天工作感觉怎样？"爸问，"一切都顺利吧？"

"感觉还不错。"罗兰回答说，"怀特太太还夸我说我扣眼锁得很棒。"

第六章
醉汉的闹剧

在整个美好的六月，罗兰一直都在缝衣服。草原上，大片的玫瑰花盛开着，可是罗兰只能在每天早上跟爸一起赶去镇上工作的时候匆匆看几眼。

早晨，天空逐渐呈现出一片澄明的蔚蓝色，棉花般的云朵在空中游荡着。微风吹拂，送来淡淡的玫瑰香。一路上都是刚刚绽放的花朵，粉嫩的花瓣，鲜黄的花蕊，看起来就像一张张可爱的笑脸。

罗兰知道，正午时分的草原上，湛蓝的天空会飘起大片洁白的云朵，云影轻轻地掠过随风起伏的草浪和玫瑰，可是这个时候，她却只能在拥挤嘈杂的厨房中度过漫长的中午。

黄昏的时候，当罗兰和爸踏上归途时，那些早晨还生趣盎然的玫瑰花已经凋谢了，花瓣随风飘散。

罗兰明白自己已经长大了，不能再由着性子玩耍。不过，一想到自己已经像大人一样赚钱了，她就觉得很欣慰。每到周末，怀特太太都会准时支付给罗兰一块五毛钱的工资，回家后罗兰就将这些钱如数地交给妈。

有一次，妈说："罗兰，这钱你自己存着以后用。"

"为什么呢，妈？存钱干什么呢？"罗兰问，"我什么也不需要啊。"

罗兰的衣服鞋袜几乎都是新的。对于罗兰而言，每周最盼望的就是把工钱交给妈这一激动人心的时刻。罗兰觉得，这份工作不过是个开始，以后赚钱的机会更多。

罗兰还有一年多就十六岁了，达到了法定教书的年龄。如果她刻苦学习，就可以获得教师资格证，找一所学校去教书，真正帮助爸妈分担重担了。到那时，她不但可以报答爸妈对她的养育之恩，还可以把玛丽送去盲人学校念书啦。

其实罗兰很想问妈，能不能现在就把玛丽送去上学，她会一直很努力地挣钱去帮助家里供玛丽上学。不过，她最终还是没能鼓起勇气说，因为她害怕妈会说家里没有这样的条件。

因为有了这个小小的愿望，罗兰每天到镇上工作的时候虽然很累，但是很开心。罗兰知道，虽然她赚的钱不多，但是总归是有点儿帮助的。她了解妈一向勤俭持家，能省的钱都会省下来。只要凑到足够的钱，爸妈就会送玛丽去盲人学校。

在这片美丽的大草原上，这个新建的小镇无疑是自然中的一个瑕疵。马厩四周堆放着腐烂的干草和肥料，街区里店铺的门面装潢一新，可背后却杂乱不堪。就连比较好的第二大街周围也都是枯草，草地已经被踩得不成样子了，建筑物之间尘土漫天飞扬。整条街上弥漫着腐烂、灰尘、烟雾，还有厨房里油腻的饭菜味，呛得人喘不过气来。酒吧后门的地面因为总是倒洗碗水，所以霉味熏天。但是，只要你待的时间一长，对这些味道也就习以为常了。不但如此，可能你还会在来来往往的行人身上，发现很多草原里没有的乐趣。

　　罗兰去年冬天在镇上认识的那几个男孩和女孩现在都不住在镇上，他们都搬到放领地去了。店主的太太和孩子也搬到草原上的放领地去住了，只有店主为了照顾店里的生意留下了，就住在铺子后面的房间里。法律规定，要想获得放领地的所有权，每年在放领地必须至少住六个月，而且要连续居住五年才行。除此之外，还必须开垦十英亩草地，在地里种五年的庄稼。但是，刚开垦的土地收成微薄，根本不能养活一家人。所以每年夏天，男人们都出去建设城镇，用挣来的钱从东部购买粮食和工具，补贴家用。住在放领地上，男孩子都要帮家里开垦土地，种庄稼。

　　随着罗兰对小镇了解的深入，她越来越觉得自己的家还是非常幸运的，因为爸比其他人早了一年来到这里。爸去年就开垦出了一片草泥地，如今已经拥有了菜园地和燕麦地，第二季玉米长势很好。冬天，牲口可以吃干草，这样爸就卖了一些玉米和燕麦，买了木炭。现在所有新来的移民都在重复着爸去年做过的努力。

　　罗兰干活儿的时候，一抬头就能将整个小镇收入眼底。小镇上所有的房屋基本都集中在对面的两个街区，每幢房屋前都耸立着高低起伏的装饰墙，乍一看是二层小楼的感觉。

　　罗兰的对面是毕兹利旅馆，街道尽头还有一家米德旅馆，丁汉姆的家具店则位于下一个街区的正中央，他的店是真正的二层楼。楼上随风飘动的窗帘仿佛在骄傲地向整个小镇宣告：这里才是名副其实的两层楼呢，并不像旁边一样是装饰墙。

　　这是这栋建筑与别的建筑唯一不同的地方。镇上所有的建筑都是用松木建造的，在长期的日晒雨淋下，木墙都已经变成灰色。每幢建筑前面都有两扇高高的玻璃窗，玻璃窗中间有一扇门。现在天气暖和，所有的大门都敞开着，而且每一扇门的木框内都安装了细长的、粉红色的防蚊网。

房屋前是一条平坦的木板人行道，外侧是一排拴马桩。罗兰常常看见那里站着几匹马，偶尔还能看到那儿停着辆套着马或牛的篷车。

有时，罗兰在咬断线头时会不经意间瞥见有人穿过人行道，解开拴马桩上的马，飞身上马，很快就消失了。有时，她能听见马车的声音，当声音一点点变大时，她抬头一望，正好看见马车从她面前疾驰而过。

一天，街上突然响起一阵吵闹声，罗兰被吓了一跳。她看见一个高个子男人从布朗先生的酒馆里气势汹汹地冲了出来，纱门在他身后"砰"的一声关上了。

这个男人慢慢转过身，抬起一条腿，冲着纱门狠狠地踹了一脚，纱帘立刻变得稀烂。酒馆里顿时传出了大声的叫骂。

高个子男人没理会那些怒吼，神气十足地转身打算离开，可就在这时，他眼前却站着一个小个子的胖男人。这个矮胖的男人正准备到酒馆喝上几杯，而高个子男人正想离开，两个人就这样面对面地僵持着。

高个子神气十足地站住不动，矮个子也是一副天不怕地不怕的样子。

酒店老板骂骂咧咧地走了出来，指责那个高个子弄坏了他的纱门，可是高个子和矮个子都没有搭理他，他俩就这样目不转睛地对视着，空气里弥漫着一股火药味。

突然，高个子伸出了手臂，挽住矮个子胖胖的手臂，两人肩并肩走下了人行道，齐声高唱：

快划向彼岸！水手！

努力划向彼岸！

不要畏惧狂风暴雨。

高个子带着严肃的表情，抬起他的长腿，冲着霍桑先生店铺的纱门狠狠踹去。屋子里传来一声吼叫："喂，你们！你们在干什么？"

两个人没理会，继续往前走，还是边走边唱：

不要畏惧狂风暴雨！

努力划向彼岸！

这两个男人的气焰越发嚣张，高个子男人奋力地伸出他的大长腿，而矮胖男人也不甘落后，把自己的小短腿伸得直直的。

不要畏惧狂风暴雨！

罗兰被眼前的景象逗得哈哈大笑。这时，高个子又一脚踢烂了巴克先生的杂货铺的纱门。巴克先生气得暴跳如雷，他怒气冲冲地追了出来。然而，那双压根儿不知道害怕的长腿和那双紧跟着的小短腿依旧大摇大摆地在街上行走。

努力划向彼岸！

高个子的长腿一脚踢烂了怀德兄弟饲料店的纱门。罗雷·怀德一把拉开纱门，冲着他们破口大骂。那两个人站在那儿十分认真地听着，直到罗雷先生停下来喘口气时，那个矮个儿才摆出一副正经的架势说道："我叫泰·帕·普耶尔，是个醉汉。"

说罢，这两个醉鬼又手挽手、肩并肩地往前走，一路唱着没有调的歌，首先是矮胖男人吼：

我是泰·帕·普耶尔。

然后两个人一起大叫：

我们是醉汉。

高个子男人从来都不说自己叫什么，只有当矮胖男人唱到醉汉的那个地方，他才会准时地接上来。

他们走了一圈，后来又进了另一家酒馆。罗兰紧张地看着这一幕，但这次出乎她的意料，那家酒馆的防蚊网依旧完整地立在那里。

罗兰这次肚子都笑疼了。而此时怀特太太厉声说，醉酒的男人只会做蠢事。

"那些纱门得花多少钱啊！"怀特太太说，"你还笑得那么高兴，现在的年轻人真是令人难以理解。"

当天晚上，罗兰回到家后绘声绘色地给大家讲了这件事。她以为大家听了会像自己一样大笑，结果大家的反应都跟怀特太太一样。

"天啊，罗兰，两个醉汉闹事，你竟然还笑得出来啊？"妈纳闷地说。

"这件事听起来实在太可怕了！"玛丽跟着说。

"那个高个子的男人叫比尔·奥多德。我听说他哥哥就是为了不让他再喝酒才把他送到放领地来的。谁知道小镇上也开了两家酒馆。"爸说。

"可惜像你这样不贪杯的男人并不多见。"妈说，"我突然开始觉得，既然法律都不能阻止人们卖酒的行为，那么也只能我们女人站出来做些什么了。"

爸看了看妈，说："你看起来好像有很多话要说呢，卡洛琳。我妈从来没让我对酒的坏处有任何怀疑，你也一样呢。"

"即使这样，"妈说，"今天还是让罗兰亲眼看见了这一幕，实在是非常遗憾。"

爸看了看罗兰，还眨了两下眼睛，罗兰确信爸没有因为她嘲笑那两个醉汉而怪罪她。

第七章
九块钱

克兰西的衬衣订单越来越少，看样子，能够买得起衬衣的人大多已经买了。一个星期六的晚上，怀特太太对罗兰说："这个春季的生意即将结束了。"

"我觉得也是。"罗兰应和着。

怀特太太给了她一周的工钱一元五角钱，说道："我暂时不需要人手帮忙了，下周你就不用来啦。再见吧。"

"再见。"罗兰说。

罗兰在怀特太太这儿总共干了六周的活儿，赚了九块钱。在来这儿之前，一块钱在罗兰看来都是很大的一笔钱了，不过现在九块钱也不算多了。要是能再工作一周，她一共可以挣十元五角钱；再工作两周，就能挣整整十二元啦。

罗兰知道在家里做些家务，干些杂活儿，侍弄菜园子，或者陪玛丽散步、采几束野花，晚上等着爸回家，这一切想起来都是那么美好。然而，现在她却高兴不起来，她有一种被赶出来的感觉。

她慢腾腾地沿着大街往前走，爸就在第二大街的拐弯处盖房子。他正站在一堆屋顶板旁等着她呢。一看见罗兰，他就大声喊道："快看看我们给妈带什么东西回去！"

那堆屋顶板的阴凉处放着一只小篮子，上面盖着一个谷物口袋。里面隐约传来爪子抓东西的声音，还有微弱的叫声。原来是一篮子小鸡！

"这是今天波斯特送过来的，"爸说，"一共有十四只呢，个个都很健康，很欢实。"爸的脸上洋溢着幸福的笑容，他知道妈肯定会把这些小鸡当成宝贝的。

爸跟罗兰说："这篮子不太重，咱们俩一人拎一边把它们抬回去吧。"

就这样，罗兰和爸小心翼翼地抬着篮子沿着主街向家里走去。夕阳染红了天空，空中霞光万丈，旁边的银湖中也翻腾着火一样的水花。一路上，篮子里的小鸡欢快地叫个不停。

"爸，怀特太太说不让我去帮忙了。"罗兰说。

"嗯，旺季快结束了，也没什么生意了吧。"

罗兰一直没想到爸的木匠活儿也快干完了。

"噢，爸，那你接下来是不是也没活儿可干了？"她问。

"我们不能指望一直干到夏天，"爸说，"这个倒是无所谓，反正也到了收割干草的时间啦。"

罗兰沉默了一会儿，说："我只挣了九块钱，爸。"

"九块钱可真不算是一笔小数目啊！"爸说，"你做得非常棒，怀特太太对你的工作非常满意。"

"嗯。"罗兰点了点头。

"这真是太令人高兴了！"爸说。

能尽心尽力把一件工作做好，让对方感到满意，这的确是一件高兴的事。听了爸的话，罗兰心里舒服多啦。而且，他们还给妈提回去一篮子小鸡呢。

妈看着篮子里的小鸡，乐得都合不拢嘴了。卡琳和格蕾丝围着篮子好奇地盯着这一群小鸡，罗兰则生动地为玛丽描述着。它们健康、活泼，都长着一双黝黑的眼睛，还有金黄色的小爪子，让人看了就爱不释手。并且此时的它们几乎褪掉了全身上下所有的胎毛，脖子边上长出了嫩黄的羽毛，而翅膀和尾巴上的羽毛正要长出来。有一些是纯色的，有一些身上带着斑点。

妈小心翼翼地把小鸡捧到了围裙里。"波斯特太太送我们的这些小鸡应该不是从一窝蛋里孵出来的，这里面大多数是可以生蛋的小母鸡，估计小公鸡最多也就两只。"

"是啊，波斯特夫妇算是我们这里最先养鸡的，他们可能计划在今年夏天吃炸鸡，"爸说，"肯定要从这群鸡里面挑几只公的吃。"

"嗯，然后给我们换上几只将来可以产蛋的小母鸡。"妈猜测说，"这一定都是波斯特太太的主意，我想再没有什么人会比她更善良、更慷慨了。"

妈用围裙兜着小鸡，将它们放进了爸提前准备好的鸡笼里。鸡笼上面钉着一些木条，可以通气透光。笼子上还开了一扇小门，门上钉了一个木闩，可以把门扣上。因为鸡笼没有底座，所以只要把鸡笼放在草地上，小鸡就可以吃到地上的青草了。一处的青草吃得差不多了，就要把鸡笼移到另一片干净的草地上去。

妈拿出一只做馅饼用的旧平底锅，在里面放了一些碎麦麸，用水搅拌均匀去喂小鸡。所有的小鸡闻到香味都叽叽叫着一窝蜂地挤了过来，狼吞虎咽地吃着，看样子它们饿坏了，好几次差点儿误啄了自己的小爪子。等到它们都吃饱了，便又挤到水盆边上喝水去了。它们伸长脖子，歪着头，用长长的小嘴吸水，然后抬起脖子，把水咽下去。

妈让卡琳负责照看小鸡。她得经常给小鸡喂食，还要往水盆里加满干净的水。妈想明天把小鸡放出来活动活动，让它们在院子里自由玩耍，那时格蕾丝要负责照顾它们，不让老鹰把它们叼走。

晚饭过后，妈叫罗兰去看看小鸡是否都睡了。罗兰走出房间，整个草原都处在黑暗中，天空上繁星闪烁，一弯明月低低地垂挂在西边的夜空中。在这一片静谧中，大草原已经酣然入睡，发出轻微的呼吸声。

鸡舍里，小鸡们挤成一团，蜷缩在鸡笼的一角睡得正香，罗兰轻轻地抚摸着它们。随后，罗兰站起身来，望着迷人的夜空出神。不知道过了多久，妈从屋子里走了出来。

"罗兰，原来你还在这儿啊。"妈轻轻地说道。妈先是俯身摸了摸那群熟睡的小家伙，然后站起来，凝望起夏天的夜空。

"现在这里已经开始有农场的模样了。"妈说。在黑夜中，燕麦田和玉米地显得苍茫而深邃，而菜园子因为有层层叠叠的叶子则是凹凸不平的，朦胧的星光洒在菜园子里，黄瓜藤和南瓜藤恣意蔓延。低矮的泥草马厩几乎很难被人发现。小屋的窗户里透出了一丝温暖的黄色灯光。

"妈，我真希望今年秋天玛丽能去学校上学。"罗兰突然冒出了这么一句。

妈的回答让人出乎意料："她也许可以去，我和你爸一直在商量这事呢。"

罗兰很吃惊。过了一会儿，她问道："那……你还没有跟她说过这件事吗？"

"没呢，先不能跟她说。"妈说，"现在就让她满怀希望，万一结果会令她失望怎么办？不过我们觉得，只要不出什么意外，你爸挣的钱，加上卖掉燕麦和玉米的钱，今年秋天就能送玛丽去上学。我们都坚信，凭借咱们的辛勤劳动，一定能让她在那里完成整整七年的学业，同时接受学校的知识训练和手工训练。"

也就在这时，罗兰才第一次意识到，玛丽要离家去上学了。而这一走，就要整整七年。罗兰想象不到家里没有玛丽，以后的日子会变成什么样儿。

"嗯，我希望……"她想说些什么，又不知道怎么说。她其实一直希望玛丽能去上学的。

"我们都会非常想念她的。"妈平静地说，"不过我们都知道，这个机会对玛丽来说有多么珍贵。"

"我懂，妈。"罗兰的语调中带着淡淡的忧伤。

不知不觉中，夜色已深，而屋子里的灯光却越发显得温馨了。但玛丽走了，家里还会这么温馨和舒适吗？

这时，妈说："罗兰，你挣的那九块钱会帮上很大的忙呢。我一直在想啊，是不是能用这九块钱给玛丽缝一套很好的衣服上学穿呢？或许可以再买些天鹅绒来给她做顶帽子。"

第八章
七月四日

“砰！”

罗兰从梦中惊醒。“这是什么声音啊？”黑暗中传来了卡琳颤抖的声音。

“没事，别怕。”罗兰轻声安慰她说。窗外一片漆黑，什么都看不见，不过罗兰觉得现在应该已经过了半夜。

“砰！”又响了一声，连空气似乎都震动起来。

“大炮。”爸迷迷糊糊地咕哝道。

“怎么啦？发生什么事啦？”格蕾丝不安地问。

卡琳也紧跟着问：“是谁在放炮？他们要打谁？”

隔板那边，爸解释道：“今天是七月四日。”

“现在几点了？”妈问。

爸的话音刚落，又是“砰”的一声巨响。

这声音并非什么大炮的声音，而是来自镇上铁匠家砧板下面的枪药。这种声音就像美国独立战争时期的枪声一样。七月四日是第一批美国人宣布人人生而自由平等的日子。“砰！”

“好啦，孩子们，我们都起床吧。”妈说。

爸大喊："喂，不会吧，太阳还没升起来呢。"

"查尔斯！"妈笑着对爸说，"现在外面黑乎乎的，能看见什么啊。"

"何必要那么较真呢！"爸跳下床来，"欢呼吧，美国人！"他唱道：

欢呼吧，欢呼吧！我们唱响狂欢曲！

欢呼吧，欢呼吧！向自由的旗帜致敬！

就连初升的太阳似乎也知道今天是独立纪念日，一大清早便照亮了天际。吃早饭的时候，妈说："这样的好天气真应该举办一次独立纪念日野餐活动。"

"或许明年的今天，小镇就有能力举行一次大规模的野餐啦。"爸说。

"不管怎样，反正咱们今年是没时间准备野餐了。"妈说，"如果没有炸鸡，那野餐也就太不像样了。"

因为一大早起来就很亢奋，所以在这个特别的日子里，大家似乎都在期待能发生一些特别的事情，可是却什么也没发生。

"今天，我想穿上新衣服。"卡琳一边洗碗一边说。

"我也这样想，可是穿上新衣服去做什么呢？"罗兰问道。

罗兰拎着洗碗水往地里泼的时候，发现爸正出神地望着燕麦地。燕麦长得高而挺拔，微风吹过就会泛起一片绿色的涟漪。玉米也长得很苗壮，黄绿色的长叶子在晨风中翩翩起舞。菜园子里，黄瓜的藤蔓快速地生长着，上面长满了大片的叶子，卷曲的枝蔓透过重重叠叠的大叶子伸展着。一排排青豆和黄豆也一天天地圆润饱满起来，胡萝卜展开绿色的叶子，甜菜的红茎上也长出了长长的深色叶片。酸浆果已经长成了小树丛。小鸡们在野草丛中快活地啄着虫子。

要是在平常，看到这些会觉得心满意足，然而今天是七月四日，在一个具有特殊意义的日子里，总该有些什么特别的期待。

爸也有同样的感受。今天除了家务活儿和照料牲畜以外，爸没有什么别的工作可做。过了一会儿，他走进屋来，对妈说："今天镇上要举行一些庆祝活动，你想去看看吗？"

"有什么活动？"妈问。

"主要是赛马，听说还要举办一次柠檬水的义卖活动。"

"女人们对赛马不感兴趣。"妈说，"况且，在没有接到邀请的时候，我就去冒昧地拜访别人，这样不太好。"

妈考虑着要不要去，而罗兰和卡琳则眼巴巴地在一旁看着她。

这时，妈说："你自己去吧，查尔斯。格蕾丝不能去，她会累坏的。"

"还是待在家里好。"玛丽附和道。

罗兰鼓足勇气说："爸，如果你去的话，能不能带上我和卡琳？"

爸有点儿犹豫，突然他的眼睛亮了起来，对着罗兰和卡琳眨了眨眼睛，妈冲着她们笑了笑，表示同意。

"好了，查尔斯，你们去外边走走也好。"妈说，"卡琳，你快去地窖把黄油拿出来，在你们换衣服的时候，我得抓紧时间给你们做几个黄油面包带上当午饭。"

这一天就在这一瞬间变成了真正的节日。妈忙着做黄油面包，爸给皮靴打油擦亮，罗兰和卡琳则忙着梳妆打扮。幸运的是，罗兰的印花布衣裙刚刚洗过，熨得平平整整。两人轮流站在洗脸盆前，把脸和脖子洗得干干净净。两个女孩都在自己未曾漂白过的棉布内衣上面穿上了漂白过的棉布衬衫，因为上浆并烫过，所以一碰还沙沙作响。接着，她们梳好头发，扎好辫子，罗兰把她的粗辫子盘在头顶上，用发夹别起来。她又把做礼拜时才戴的缎带系在了卡琳头上。接着她穿上了那件描着小树枝的印花布衣裳，再从下到上扣完了背部的扣子。长裙摆的褶边几乎要垂到她的脚面啦。

"请帮我扣一下扣子。"卡琳向罗兰寻求帮助。她的手够不着裙子背后的中间那两颗纽扣，而其他纽扣也全都扣反了。

"今天去参加庆祝活动，你可不能把扣子扣反啊。"罗兰一边说一边帮卡琳解开所有的扣子，再逐一仔细地扣上。

"扣子扣在外面的话，经常会把我的头发缠起来。"卡琳反驳道，"我的辫子总是会钩住扣子。"

"我知道，我的辫子也经常这样。"罗兰说，"但是这个你必须忍忍，直到你长大可以把头发全拢起来。"

她们戴上遮阳帽。爸正等着她们，手里还拿着妈给他们准备好的黄油面包，用棕色的纸袋装着。妈从上到下打量着她们，说道："哦，你们看起来真漂亮。"

"跟我的两个漂亮女儿一块儿出门，心情真愉快啊。"爸说。

"你今天也特别帅。"罗兰跟爸说。他的皮靴擦得锃亮，胡子修得整整齐齐。他穿着去教堂做礼拜才穿的那套衣服，戴着一顶宽边礼帽。

"我也要去！我也要去！"格蕾丝吵闹起来。

"你不能去，格蕾丝！"妈说。

"为什么不行？我要去，我就要去！"格蕾丝吵闹着。因为她是家里最小的孩子，大家都很宠爱她，甚至有些过于娇惯了，所以她越来越任性。终于爸对她的小脾气忍无可忍了，他一把将她放到椅子上，严肃地说："你必须听妈的话。"

爸说完就板着脸出门了，他们不想让格蕾丝难过，但是她必须要听爸妈的话。如果明年再举行盛大的庆祝活动，她也许就可以去了。那时候，他们一家人就可以坐着篷车去。不过今天他们要徒步走过去，马被拴在拴马桩上吃草。因为镇上到处是灰尘，天气又炎热，到了那儿得把马拴上一整天，马一定会累坏的。没有马车，这也是不带格蕾丝去的一个理由。她的年纪还小，根本没法走这么长的路，而且背着她又太重了。

还没走进小镇，他们就听到镇上传来了一阵阵巨大的响声，听起来像爆玉米花的声音。"那是什么声音，爸？"卡琳问。爸回答说是放鞭炮的声音。

大街两旁拴满了马匹，人行道上人来人往，非常热闹。孩子们一点燃鞭炮就立刻扔到尘土飞扬的大街上。鞭炮先是嘶嘶地烧着，紧接着"砰"的一声就炸开啦。爆炸的声音听起来真吓人。

"想不到会是这样。"卡琳忍不住嘀咕着。罗兰也不喜欢这种闹哄哄的场面，特别是要在人群中挤来挤去，而且全是陌生的面孔。她们感到很不舒服。

她们跟着爸沿着两个街区来来回回走了两趟后，罗兰问爸可不可以去原来的老房子里待一会儿。爸说这是个好主意，这样她们就可以待在屋子里，透过窗户看外面的景色，爸则可以继续到外面随意逛逛。等他们吃了午饭，就可以一起看赛马了。

两个小姑娘待在屋子里，感觉舒服多了。她们跑到后面的厨房看了看，他们一家人曾经挤在这个厨房里熬过了那个漫长而艰苦的冬天。她们又踮着脚尖上楼，走进了卧室。她们站在窗前，注视着街上拥挤的人群，还有在尘土中乱窜和爆炸的鞭炮。

"如果我们也能放鞭炮多好啊。"卡琳说。

"能放大炮才好呢。"罗兰一本正经地说，"想象着我们现在就在提康德罗加城堡，下面站着英国人和印第安人。我们是美国人，正在为争取独立而战斗！"

"在提康德罗加城堡里面的是英国人，是绿山军攻占了那座城堡。"卡琳反驳道。

"那就假设我们此时正在肯塔基州与丹尼尔·布恩并肩作战，前面就是防御的木栅栏。"罗兰说，"可惜的是，他最后还是被英国人和印第安人抓住了。"

"花多少钱能买到鞭炮？"卡琳问。

"即使爸能买得起鞭炮，可是花钱买噪音也太愚蠢了。"罗兰说，"快看那群小马，我们每人选一匹自己最喜欢的，你先选吧。"

街上热闹极了，各种各样的东西让她们看得眼花缭乱，不知不觉就到了中午。"姑娘们，你们在哪儿？"爸站在楼下喊道。

她们迅速跑了下去。爸的眼睛里闪烁着喜悦的光芒。他高兴地说："猜猜我买了什么好吃的？烟熏鲱鱼！赶紧把黄油面包拿出来，我们开饭喽！哦，我差点儿忘了，还有好东西呢。"说着爸从兜里掏出了一小串爆竹。

"哦，爸！"卡琳惊喜地叫了起来，"这得花多少钱啊？"

"免费的！"爸说，"是巴尔内斯律师送给你们的。"

"他为什么要这样做呢？"罗兰问，因为她从来都不曾听说过这个人。

"哦，估计他想从政吧。"爸说，"他这么做的目的，应该是想让大家觉得他很亲民，为拉选票做准备。这鞭炮你们打算什么时候放呢？现在还是午饭后？"

罗兰和卡琳彼此对视了一眼，马上就知道两个人想到一块儿去了，卡琳说："爸，我们想把鞭炮留着带回家给格蕾丝玩。"

"好啊。"爸说着把鞭炮放进了口袋里。然后他打开烟熏鲱
鱼，罗兰拿出了黄油面包，他们吃起了午饭。鲱鱼的味道棒极了，
他们留了一部分带回家给妈。吃完后，他们一起去了外面，爸拿着
水桶去井里打水，姐妹俩就凑在水桶边咕咚咕咚地喝着水，还用水
洗了手和脸，然后用爸的手帕擦干。

到了该看赛马的时间了。拥挤的人群像潮水一般穿过铁路，
来到草原上。那里竖着一根大旗杆，一面美国国旗在旗杆上迎风飘
扬。阳光和煦地照着大地，一阵清风徐徐吹来。有个男子站在旗杆
旁边，他看起来比周围的人都高一截，似乎是站在一个台子上，所
以显得特别高大。吵闹着的人群慢慢安静了下来，人们隐约可以听
到那个男人的说话声。

"在场的各位朋友，"他说，"虽然我不太擅长在公开场合演讲，但是今天是我们的独立纪念日，是个光荣而伟大、具有特殊意义的日子。在历史上的今天，我们的先辈彻底摆脱了欧洲独裁者的统治。那时候，生活在这片领土上的美国人虽然不多，但他们不堪忍受专制君王的奴役与压迫，所以奋勇地起身反抗，与英国正规军和他们的雇佣军进行战斗。那时的美国人甚至没有鞋穿，但就是这样，他们还是打败了英国人。是的，各位，我们在1776年打败了英国人，1812年我们再次获得了胜利。这些还不够，就在这不到二十年的时间里，我们还帮助墨西哥等美洲的许多国家打败了欧洲的独裁者，我们获得了最终的胜利！朋友们，国旗飘扬在我们头顶，往日的荣耀仍在。不管到何时，欧洲的暴君若再敢踏上美国的领土半步，我们仍会义无反顾地与他们战斗到底！"

"欢呼吧！欢呼吧！"所有人都喊了起来。罗兰、卡琳和爸也跟着人群一起高呼："欢呼吧！欢呼吧！"

"今天，"那个人继续演讲，"在这个国家里，我们每一个人都是独立而自由的国民。为了迎接这个伟大而神圣的日子，我们应该举办一场隆重的庆祝会，但是，由于我们没有足够的能力，今天只能举办小型的庆祝活动。我们既然已经来到这片土地，那就必须克服艰苦的环境，自力更生，努力创造更好的生活。等到明年，相信咱们中的很多人会生活得比现在好很多，那时我们就有充足的时间来准备一个像样儿的庆典了。但不管怎样，我们今天能相聚一堂，共同来庆祝七月四日。在这个特殊的日子里，应该有人站起来朗诵《独立宣言》，很幸运，我今天获此殊荣，因此，各位，请你们脱帽，我要开始朗诵《独立宣言》了。"

当然，罗兰和卡琳都会背《独立宣言》了，但是，置身于这样的庆典现场，听别人朗诵《独立宣言》时，还是有一种庄严肃穆的感觉在心底油然而生。她们和在场的人一样，神情庄严地站着，屏住呼吸静静地聆听。星条旗在蔚蓝的天空下随风飘扬，这些字句还没传进耳朵，她们心中已经默念出来了：

在人类的历史里面，基于自然的法则以及上帝的旨意，当一个民族必须解除同另一个民族的政治联系，以独立平等的身份立于世界列国之林时，出于对人类舆论的尊重，必须把驱使他们独立的原因予以宣布。

我们认为下述真理是不言而喻的：人人生而平等，在他们出生的那一刻就赋予了他们不可剥夺的权利。其中包括生存权、自由权和追求幸福的权利……

接下来就是一条条关于国王罪行的记录。

他力图阻止各州增加人口。

他拒绝批准建立司法体系，企图阻挠法律的公平公正。

他迫使法官置于他个人意志的支配之下。

他私自新设官职，派遣官吏，让他们到这里压迫我们的人民，搜刮他们的财物。

他在我们的海域里大肆掠夺，蹂躏我们的沿海地区，烧毁我们的城镇，残害我们人民的生命。

他在我们这个文明的国度，使用文明国度不应有的屠杀、破坏以及暴行，把外国大兵引入国土。

因此我们这些参加集会的美利坚合众国的代表们，以各殖民地善良人民的名义，并经他们授权，向世界最高裁判者申诉，说明我们的强烈意向，同时郑重宣布——我们这些联合起来的殖民地现在是，而且按公理也应该是独立自由的国家！我们对英国王室效忠的全部义务，我们与大不列颠王国之间一切政治联系全部断绝，而且必须断绝！作为一个独立自由的国家，我们完全有权宣战……

此外，为了支持这个宣言，我们一面要信赖神的意志，一面还要争取我们的生命、财产以及神圣的名誉。

这一刻，没有人发出欢呼，人们都不知道该做些什么。

突然，爸唱起了歌，大家立刻跟着他唱起来：

我的祖国啊，向您致敬，

美丽的自由之邦，

我为您歌唱……

愿自由的圣光，

永远照耀我的祖国，

伟大的上帝啊，

保佑我亲爱的祖国吧。

当人群逐渐散去的时候，罗兰仍呆呆地站在那儿。突然，她产生了一种全新的想法，因为《独立宣言》的内容以及刚才的歌声在脑中挥之不去。

罗兰想：美国人是自由的，他们不会屈服于任何国王的统治，这就意味着他们必须要遵从自己内心的良知。就像爸，没有一个国王能够向他发布命令，但是爸却必须服从于自己的心。她想，嗯，等她再长大一点儿，爸和妈就不会再告诉她应该怎么做了，谁也没有权利支配她。那么，她必须学会自己管好自己。

想到这些，她的心里突然明朗了很多。这就是自由的意义，必须做一个善良的人。自然的法则以及自然之神法则赋予每个人生而平等自由的权利。

罗兰没时间想得更深。卡琳看着她一动不动地站在那儿，感觉有点儿奇怪。爸在一旁说："快过来啊，这边有免费的柠檬水喝。"

旗杆旁的草地上放着几只木桶。有几个男子正在排队等着用锡制长勺去舀柠檬水喝。每个人喝完后就把长勺传到下一个人的手中，然后向赛马场走去。

罗兰和卡琳站在爸身后，有点儿害怕。拿着长勺的男子喝完水看到她们，便把长勺递给了爸。爸从桶里舀了一勺先给了卡琳。桶里装着满满一桶柠檬水，上面漂浮着许多柠檬片。

"这里面加了很多柠檬，味道一定非常棒。"爸说。卡琳端着长勺慢慢地品尝着。她的眼睛里闪烁着惊喜的光芒，因为她以前从没喝过柠檬水。

"当然，这是刚调好的柠檬水。"旁边一个也在排队的人对爸说，"水是刚从旅馆的井里打来的，所以很清凉。"

另一个在排队等待的人接着说："不过，柠檬水的味道好坏有时候也取决于糖加得多少。"

随后爸又盛了一勺递给罗兰。当他们还居住在明尼苏达州时，罗兰曾在同学奈莉·奥尔森家参加派对时喝过一次柠檬水。今天的柠檬水喝起来味道比那一次好多了。她一口气喝完了勺子里的柠檬水，连一滴都没有浪费，随后她把勺子重新递给爸，轻声说了句谢谢。再多喝一勺的话是不太礼貌的。

等爸喝完柠檬水后，他们一起穿过已经被踏坏的草地，来到了赛马场的人群中。在赛马场的周围，除了人群涌动的地方，其他没有被践踏的草地都长得很茂盛，微风吹来，就像一片片绿色的波浪。

"嗨！波斯特！"爸兴奋地挥着手喊道。波斯特先生听到后从人群中向他们走来。他刚到小镇没多久，恰好赶上看赛马。波斯特太太没有来，她和妈一样更愿意留在家中。

这时，四匹小马慢悠悠地走上赛道，两匹栗色的，一匹灰色的，还有一匹黑色的。赛马的男孩子让马排成笔直的一列。

"你赌哪一匹马会赢？"波斯特先生问。

"那匹黑的！"罗兰大声喊道。那匹黑色的小马，全身毛发在阳光下闪闪发光，长长的鬃毛和尾巴像丝绸一样光滑。它摇了摇自己的小脑袋，优雅地踢了踢前蹄。

"准备，跑！"一声令下，四匹小马一跃而出，人群大声欢呼起来。黑色的小马压低了身子，像离弦的箭一般撒开四蹄冲在最前面。其他三匹跟在它的身后紧追不舍。翻飞的马蹄卷起漫天灰尘，小马飞奔的身影若隐若现。它们一路你追我赶地奔跑着，跑过赛道最远端的弯道的时候，那匹灰色的小马突然加快了速度，超过了黑马，人群中又一次爆发出了欢呼声。罗兰一个劲儿地为小黑马祈祷，希望它能获得胜利。小黑马也在努力追赶，不断地缩小与灰马的距离。它的头部渐渐和灰马的鼻子看齐，很快它的鼻子差点儿碰到了灰马的鼻子。就在那一瞬间，四匹小马从跑道那头闪电一般冲了过来，在漫天飞扬的尘土中，它们的身影越来越清晰。突然，那匹白色鼻尖的栗色小马一下子超越了黑色的和灰色的小马，径直冲向了终点。这一刻，人群一下子沸腾起来，人们有的欢呼雀跃，有的感叹，有的惊愕。

"罗兰，如果你真的要赌那匹黑马，你就输了。"爸说。

"不过，它是这几匹马里面最好看的一匹！"罗兰说，她从来都没有这么兴奋过，脸颊涨得通红。卡琳也一样。她的辫子被纽扣钩住了，她满不在乎地一把把辫子扯散了。

"还有比赛吗，爸？"卡琳问。

"当然啦，马车比赛马上就要开始了。"爸回答说。波斯特先生打趣地说道："罗兰，这次你赌谁会赢？"

一对小马拉着的轻便双轮车穿过人群来到了赛道上。它们迈着轻盈的步伐，仿佛根本没有拉着车子一样。接着，一队又一队的马车出现在了赛道上，可罗兰几乎顾不上去看它们，因为她所熟悉的棕色小马车队进场了。它们高昂着头，拱起脖颈，肩膀像丝绸般光滑，黑色的鬃毛在风中微微摆动，前额的长毛下是两只炯炯有神的眼睛。

"卡琳，快看！那两匹棕色的摩根马。"罗兰叫了起来。

"那是阿曼乐·怀德的马。"爸跟波斯特先生说，"它们套的是什么马车啊？"

阿曼乐正坐在两匹马上方的座位上，他将帽子推到脑后，看上去神气十足，信心百倍。

他驾着马车来到起跑线前，大家看到他坐在一辆又长又高又重的四轮马车顶上，马车的侧面还有一扇小门。

"那是他哥哥罗雷用来贩卖货物的马车。"站在他们身旁的一个人说。

"跟旁边那些轻便的马车一比，这辆马车太重了，想赢是不可能的了。"另一个人接着说。

"外侧那匹马叫'王子'，去年冬天阿曼乐和凯普·卡兰德就是驾着它走了四十英里，带回了粮食，我们才幸免于难。另外一匹马叫'贵妃'，就是跟羚羊群一起跑掉的那匹马。它们都身手不凡，很有耐力，速度惊人。"

"那个小伙子好强得很啊，"有人这样接道，"他宁愿输，也不愿意借别人的马车来获胜。"

"他没有轻便点儿的马车，真是太可惜了。"波斯特先生感慨道。

赛场上所有参赛马匹中，阿曼乐的那两匹棕色马算是最神气的骏马了。它们似乎对那沉重的马车并不在意，摇着脑袋，竖起耳朵，抬起前蹄，好像地面根本不值得它们踩上去似的。

"这样的比赛对它们来说太不公平了！"罗兰在心里想着。她的双手紧张地握在一起，她多希望这两匹骏马能够有机会公平参加竞争，可它们拉着如此笨重的马车，注定不会赢了。

比赛开始了，率先冲出起跑线的是一对枣红色的高头大马，它们把其他马车远远甩在后面。马奋力往前奔着，车轮飞转，就好像根本没着地一样。一辆辆轻便的单座马车从罗兰眼前一闪而过，阿曼乐的马拉着笨重的货车落在了最后。

"这应该是镇上最好的一对马，"罗兰听到有人说，"只可惜今天没有机会了。"

"是啊，"另一个人也附和道，"拖的马车太重了，估计一会儿就跑不动了。"

想不到的是，那一对马还在一路狂奔着，它们的身影被飞扬的尘土遮住，可很快它们就冲过飞扬的尘埃，朝着赛道的另一边冲去。它们超过了一辆马车，不，是两辆！它们又超越了一辆！现在，只有那对枣红色的马跑在它们的前面了。

"噢，加油！加油！一定要赢！"罗兰大声地为那两匹棕色的马加油鼓劲，她多么希望它们能够赢啊。也许是她的祈祷起了作用，马的脚步似乎更快了。

它们已经绕过了跑道末端的弯道，开始朝着终点冲刺。枣红色的马依然领先了一大段。摩根马恐怕要输了，可是罗兰依然在心中为它们祝福："快点儿！只要再快一点点！噢，你们能行的！加油！加油啊！"

阿曼乐向前低下身子，冲着马好像说了什么，两匹马似乎听懂了他的话，突然加快了步伐，它们的头先渐渐接近了欧文先生的轻便马车，慢慢地，超过了马车！很快，四匹马排成了一条直线，肩并肩地奔跑。

"天啊，平局，居然是平局！"一个人感叹道。

就在这关键时刻，欧文先生猛地在马身上抽了一鞭子，大声地喊着，枣红色的马更加疯狂地往前跑。阿曼乐手中没有鞭子，他只是轻轻抖了抖缰绳，又一次弯下身子和马说了几句悄悄话。奇迹就在这时出现了，两匹摩根马如同飞燕一般，一下超过了枣红色的马首先到达了终点。它们获得了冠军！它们赢啦！

赛场上顿时沸腾了，观众们纷纷朝这两匹棕色的摩根马和阿曼乐走去。罗兰这才意识到自己紧张得都不能呼吸了。她的双膝一直在颤抖，她真想大哭大笑，想坐下来好好地歇一口气。

"啊，它们赢了！它们赢了！"卡琳拍手欢呼。而罗兰却什么话也说不出来。

"他获得了五块钱的奖金！"波斯特先生说。

"五块钱？"卡琳好奇地问道。

"镇上的人凑了五块钱，作为对冠军的嘉奖。"波斯特先生回答。

罗兰很庆幸自己事先不知道还有奖金。要是她知道阿曼乐是冲着五块钱参赛的，会瞧不起他的。

"他当之无愧。"爸说，"那小伙子驾马的技术真的很棒。"

比赛结束了，她们无所事事地站在那儿听别人闲聊，桶里的柠檬水喝得快见底了，波斯特先生盛了满满一勺递给罗兰和卡琳，她们俩很快就喝完了。这时的柠檬水比之前更甜了，只是没有原来那么凉爽。马队和马车正慢慢散去。爸从人群中走了过来，告诉她们该回家了。

波斯特先生跟他们一起沿着主街往回走。爸提起阿曼乐·怀德有个姐姐，现在在东部明尼苏达州当教师。"她在小镇往西半英里的地方申请到了一块放领地。"爸说，"她让阿曼乐打听这个冬天能不能到镇上的学校来教书。我跟阿曼乐说，让她向学校的董事会递交申请书，如果其他条件都不差，我想她肯定能获得这份工作。"

罗兰和卡琳看了对方一眼，爸是学校董事会的成员，董事会其他成员的想法肯定也和爸一样。罗兰在心里暗暗想："如果我是一名优秀的学生，她就会喜欢我，或许有一天她会带我去坐那对漂亮的马拉的马车呢。"

第九章
乌鸫成灾

八月的天气炎热，罗兰和玛丽只能把去户外散步的时间改在了日出前或傍晚时分。因为只有没太阳的时候，气温才没有那么高，感觉舒服一点儿。但每次散步，都像是她们两个最后一次去散步似的，因为玛丽不久就要离开了。

这年秋天，玛丽真的就要上大学了。全家人一直期盼着玛丽去读书，可这一天真的要来临的时候，大家却又非常舍不得。没人去过大学，所以大学究竟是什么样子也很难想象。令人高兴的是，春天的时候，爸挣了大约一百块钱。菜园里的蔬菜、玉米也长得非常好，因此，玛丽就真的如愿以偿啦。

一天早晨，她们散步回到家后，罗兰看见玛丽的裙子上沾了几根草，便想帮她扯下来，结果怎么扯也扯不掉。

"妈！你快过来看看，这草怎么这么奇怪啊！"罗兰喊。

妈赶紧跑了过来，她也从来没见过这种草。草的顶端长着些弯曲的芒刺，底下有一个种子荚，大约有一英寸长，荚壳的两端像针头一般尖锐，茎梗上长满了坚硬的倒刺，扎进玛丽的裙子里，怎么都弄不出来。

"哎哟，好疼，好像有什么咬了我一口。"玛丽大叫一声。原来她的鞋上也粘上了这种草，它穿过鞋面扎到了玛丽的脚。

"太奇怪了。"妈说，"不知道在这片土地上还会长出哪些稀奇古怪的东西来。"

到了中午，爸从田里回家吃饭，她们把这种奇怪的草拿给他看。他说这是鬼针草，要是牛马不小心吃进嘴里，嘴唇和舌头就会被割破。这种草还可以穿过绵羊厚厚的毛，扎进它们的身体里，严重的可能会把绵羊刺死。

"你们是在哪儿看见这种草的？"他问。罗兰说不出来。爸松了口气，"既然没引起大家的注意，就说明这种草还没有成片地生长。罗兰，好好想想，你们今天散步都去过哪儿？"

罗兰把她们散步的地方告诉了爸。他说他要去把这些草清理干净。"有人说，等它刚发芽的时候放火烧掉就可以。"爸说，"我现在就去把它们烧掉，把草种烧死。明年春天我还得仔细查看有没有漏掉的，等它们一长出来就放火烧掉它们。"

今天的午餐有刚从地里挖回来的土豆，还有浇了奶油的青豆、四季豆和青洋葱，每一个人的盘子边上都有一小碟番茄片，蘸砂糖和奶油吃。

"哎呀，有这么一大桌子美食！"爸说着往盘子里加了些土豆和青豆。

"可不是嘛。"妈也笑盈盈地说，"现在我们有足够的食物可以吃了，把去年冬天没吃的东西全部补回来。"

菜园里的蔬菜茁壮地生长着，妈开心极了。"黄瓜藤下面坠满了小黄瓜，我明天就开始腌黄瓜。土豆的叶子长得太茂密了，挡住了土地，几乎没办法给它松土了。"

爸说："要是不出意外，我们在冬天的时候可以收获许多土豆。"

"不久以后我们也可以烤玉米了。"妈兴奋地宣布，"今天早晨我发现地里的一些玉米穗的颜色开始变深了。"

"我头一次见到长得这么饱满的玉米。"爸说，"我们的日子充满了希望啊。"

"还有燕麦呢。"妈说。不过她注意到爸的神情有点儿不对劲，忙问道："怎么了，查尔斯？"

"大部分燕麦都被乌鸦吃掉了。"爸说，"我刚把燕麦堆起来，麦堆上面立刻站满了成群的乌鸦，它们把能啄到的燕麦都吃了，就剩下了光秃秃的燕麦秆。"

爸说完，妈脸上的笑容也消失了。爸安慰道："不要紧的，卡洛琳，等燕麦全部收割完，我就用霰弹枪赶走它们。"

那天下午，罗兰正在缝补衣服，她抬起头，看见远处一阵烟雾从草原上升腾起来。原来爸暂时放下了燕麦田里的活儿，放火烧掉了那一片刺人的鬼针草。

"草原看起来是这么美丽、平静，"罗兰说，"但不知道它接下来又会出现什么，看来我们要一直与它战斗。"

"人生就是一个不断战斗的过程。不是为这件事战斗，就是为那件事战斗。"妈说，"过去是这样，现在也是这样，未来还是这样，不会改变。只有尽早做好准备，胜利的把握才会越大，我们才越会懂得珍惜拥有的幸福。好了，玛丽，你的紧身上衣做好了，快试试合不合适。"

她们已经开始忙着为玛丽缝制上学需要穿的冬装了。薄薄的木墙和屋顶被炙热的阳光烤得滚烫，屋子里热烘烘的。她们的腿上铺着羊绒布，闷热得让她们喘不过气来。妈为了给玛丽缝好这件冬装，先做了夏天的衣服来练习一下纸样裁剪。

虽然裁缝店里标准的制衣纸板样上印着不同尺寸的裁线和数字，但是，家里没一个人的衣服尺寸刚好和纸板样上的尺寸一样大小。所以妈只能先量好玛丽的尺寸，把袖子、裙子以及身体的各个尺寸与图样一一对照，再剪出纸模，然后裁好布料，粗略地缝一下，让玛丽试穿，最后再沿着接缝处慢慢修改。

罗兰一直不知道妈其实也很讨厌缝补衣服。她的脸上总是一副平静的表情，说起话来也很温和。但是，看到妈这次由于过分紧张而眉头紧锁的样子，罗兰这才明白其实妈和自己一样不喜欢缝补衣服。

还有一件让她们感到为难的事情。她们在镇上买布料的时候，怀特太太说她住在爱荷华州的姐姐告诉她，现在纽约又开始流行用裙环撑起来的大篷裙了。镇上现在没有裙环卖，不过克兰西正打算订购一些回来。

"说实话，我真不知道该怎么办。"妈说，她正在为这种有裙环的大篷裙伤脑筋。看起来她才做好的裙子又要修改了。波斯特太太那里倒是有一本《戈蒂女士风尚》的杂志，如果现在这本书还在，这个问题就解决了。但爸这段时间一直忙着抢收燕麦和干草，一天下来早已精疲力竭，所以即使到了周末，爸也实在没力气去波斯特先生的农场借杂志。星期六，爸在镇上遇到波斯特先生的时候才知道波斯特太太手里并没有那本杂志。

"那我们就把裙子做宽一些，如果真的流行裙环大篷裙，玛丽可以在爱荷华州买个裙环，把裙子撑起来就行啦。"妈说。

她们为玛丽做了四条衬裙，两条是用没有漂白的棉布做的，一条是用漂白过的棉布做的，还有一条是用细白的亚麻布做的。罗兰在那条亚麻布衬裙的裙摆上用细密的针法缝上了一圈花边，那是去年她送给玛丽的圣诞礼物。

她们还为玛丽缝制了两条灰色法兰绒裙子和三件法兰绒连衫裤。罗兰用亮红色的线在裙子上缝了一圈钩边。灰色的法兰绒配上红色的钩边，令人眼前一亮。她把裙子和连衫裤的边用倒针法缝了一圈，在领口和长裙的袖口部分用蓝色的线钩了边。

去年圣诞礼物桶里的漂亮纱线全被罗兰用上了，不过她为此感到特别高兴，她相信盲人学校的女孩们的裙子都比不上玛丽的漂亮。

妈缝好玛丽的连衣裙后，用熨斗熨得平平整整的。罗兰用铁丝将衣袖的下面和衣褶处加以固定。为了保证衣服前后贴身，罗兰必须很仔细地把铁丝两头缝进去，既不破坏原有的衣型，又可以穿起来舒适。但这可是一件相当费神的活儿，等缝完后，罗兰的后颈酸疼极了。

现在该让玛丽最后一次试穿紧身上衣了。这件紧身上衣是用棕色细软羊毛羊绒做的，衬里用的是棕色的细亚麻布。衣服的前面有一排棕色的小扣子，妈在扣子的两旁和衣服底部用一条茶色与蓝色相间的格子布镶边，再用红色和金色的丝线缝好。高翘的衣领也同样用格子布缝。妈手上拿着条白色机织花边，准备把花边别在领子的内侧，稍微在领子上面露出一点儿。

"哎呀，玛丽，这件衣服你穿起来真的太漂亮了！衣服的后背和肩膀部分都贴身极了，一点儿褶皱都没有，"罗兰告诉她，"袖子看起来也正合适！"

"嗯，我也这样觉得。"玛丽说，"但我有点儿担心扣子扣不上。"

罗兰去帮玛丽系扣子，她焦急地说："屏住呼吸，玛丽！坚持一下！"

"还是太紧了。"妈有些失落。勉强扣上了一些扣子，可是还有几颗怎么都扣不上。

"屏住呼吸，玛丽！屏住呼吸！"罗兰一边急切地说着，一边解开了刚扣上的纽扣。"你现在可以呼吸了。"玛丽从敞开的紧身衣里挣脱出来，长长地舒了一口气。

"天啊，为什么会犯这样的错呢？"妈自责道，"上个星期还挺合身的啊。"

罗兰突然想起了什么。"一定是因为玛丽的束胸，束胸的带子松了。"

罗兰说得果真没错。于是玛丽再次屏住呼吸，罗兰帮她把带子拉紧系好，这下紧身上衣的扣子就能全部扣上了。

"幸好我现在还不用穿束胸。"卡琳暗自庆幸。

"赶紧趁现在轻松轻松。"罗兰说，"用不了多久你就要天天穿着它了。"罗兰觉得穿束胸实在是太痛苦了，每天从早晨一起床就得穿上它，一直要到晚上睡觉的时候才能脱下来，那种感觉太难受了。可是只要女孩们开始把头发拢起来，并且穿上能够盖过鞋子的长裙，紧身衣就成了她们必须接受的东西。

"你们晚上睡觉也应该穿着它。"妈说。玛丽一直听话地照做，可是罗兰根本忍受不了，她觉得穿着束胸躺在床上，别说翻身，就连呼吸都困难，所以她总是在睡觉前就脱掉它。

"真不敢想象将来你会胖成什么样子。"妈说，"我刚结婚的时候，你用两只手就可以搂住我的腰。"

"现在可不行啦。"罗兰反驳道，"但是爸还是非常爱你啊。"

"你说话前能不能先过过大脑呢，罗兰？"妈责备道，不过妈的脸一下子变红了，嘴角露出了甜蜜的笑容。

妈把白色的花边镶进玛丽衣领的内侧，然后用别针固定好，花边从衣领的后面一直延伸到前面，优雅地垂在胸口。

她们往后退了几步，欣赏着穿着新衣服的玛丽。这件裙子柔顺光滑，从正面看完全合身，没有一丁点儿多余的褶皱，但是又恰到好处地在身后攒起了很多裙摆，这样就有足够的空间来安放裙环了。前面的裙裾刚好垂落在地面上，后面的裙摆也恰好拖到地面上，玛丽一转身或走动的时候，裙子就会随着发出沙沙的声音，裙子底端的褶边看起来就像一片舒展开的荷叶。

罩裙是由棕色和淡蓝色的花布缝的，前面镶着饰边，饰边中间是开衩的，好让里面的裙子露出来一点儿。罩裙的背后形成非常饱满的褶皱，一直垂到长裙的荷叶花边上。最引人注目的是玛丽的腰身，在平滑的紧身衣裙的包裹下，显得更加纤细了。整齐的小纽扣一直扣到玛丽颈部那圈蓬松的白色花边里。棕色的细软羊毛衣料像油漆一般顺滑，一直到胳膊肘都很贴身，然后下面的袖子开始变宽，袖口处缝了一圈格子花呢褶边，在手腕处微微张开，将玛丽的小手衬托得更加动人。

穿上新衣服的玛丽简直漂亮极了。她那一头柔顺的金色长发比花格子呢上装饰的金色丝线还要闪亮，她那双虽然失明却还那么有神的蓝眼睛比衣服的蓝色布料更加灿烂。玛丽的小脸也泛起了淡淡的红晕。

"啊，玛丽！"罗兰说，"你看上去就像是从画里走出来的，学校里不会有哪个女孩子比你更漂亮了！"

"真的吗？"玛丽羞涩地说，她的脸更加红了。

妈这次竟然没有制止玛丽的虚荣心。"真的，玛丽，你真的很美！"她说，"你看上去时髦又漂亮，无论谁看到你都会觉得是一种美的享受。最让我欣慰的是，你穿着它去任何场合都会显得非常得体。"

不过，她们不能再这么欣赏下去了，由于天气非常热，穿着

这套羊毛连衣裙的玛丽都快中暑了。所以，她们小心翼翼地帮她脱下来。这套衣服做得太成功了，可眼下还有几件事情需要完成。妈要给她做一顶冬天戴的天鹅绒帽子，编织几双长袜。罗兰要为玛丽织一双连指手套。

"手套用不了多久就能织好，"罗兰说，"我要先去帮爸堆干草了。"

她非常喜欢和爸一起干活儿，尤其喜欢在户外沐浴阳光，感受徐徐的清风拂面。另外，她还有一个小秘密，就是在堆干草的时候她可以悄悄把束胸解下来。

"去吧，你去帮忙吧。"妈勉强答应了，"没办法，这些干草得抓紧运到镇上去。"

"不！妈，我们不会又要搬到镇上去住吧？"罗兰惊讶地问道。

"罗兰！干吗大惊小怪的？说了多少次就是改不了。"妈轻声地责备着，"你要永远记住，女孩子必须要温柔、优雅，无论什么时候都要保持淑女风范。"

"我们必须得到镇上去住吗？"罗兰压低了声音嘀咕道。

"是的，我和你爸都觉得这儿的房子不够牢固，承受不了冬天的暴风雪。我们不想冒险留在这里过冬。"妈说，"假如去年冬天我们住在这里，或许根本就坚持不下来。"

"也许今年冬天就没有那么糟糕了。"罗兰仍然心存希望。

"我们决不可以冒这么大的风险。"妈态度坚决地说。罗兰意识到去镇上过冬已经成了不能改变的事实，这真是一件讨厌的事情。事已如此，她只好往好的方面想。

傍晚的夕阳下，一群乌鸦在燕麦田上空肆意地飞来飞去，爸用霰弹枪不断地朝它们射去。没人喜欢听到枪声，但他为了保护农作物只能这么做。今年冬天，马和牛必须靠干草过日子，燕麦和玉米要拿去卖了换钱来缴税和买木炭。

第二天早上，等草地上的露水一干，爸就用割草机去草原上收割干草了。妈开始给玛丽做天鹅绒帽子，罗兰忙着织连指手套。快到中午的时候，妈对罗兰说："罗兰，你赶紧到地里去找一些成熟的玉米来，我们午饭要吃。"

现在，玉米长得比罗兰还高了，碧绿狭长的玉米叶密密麻麻地挤在一起，一阵风吹过，发出沙沙的响声。罗兰刚走进玉米地，就见一大群乌鸦飞了起来，在罗兰的头顶上空盘旋。它们拍打翅膀发出的声音比玉米叶子的沙沙声还要响亮。数不清的乌鸦聚到一起，就像一团乌云，在玉米地的上空掠过，落到了玉米地的另一处。

玉米地里结了很多玉米，几乎每根秸秆上都挂着两个，有的还挂着三个。玉米须已经干了，只留下一些花粉，嫩嫩的玉米顶端垂下绿色的须子，成熟时就变成了深褐色。罗兰轻轻地捏了捏，感觉颗粒饱满。为了确认玉米到底有没有成熟，罗兰剥开了玉米的外皮，一排排乳白色的玉米粒露了出来。

一大群的乌鸦在罗兰头上飞来飞去。突然，她被吓了一跳，因为它们正在吃玉米粒！这些玉米棒的顶端都是光秃秃的，外面的苞叶已经被撕到了根部。她一动不动地站在那儿，眼睁睁地看着它们用爪子抓住玉米穗子，用尖尖的嘴啄掉外皮，随后把里面的玉米粒一扫而光。

罗兰焦急地去驱赶这些乌鸦。她大声尖叫着，用遮阳帽扑打，这些乌鸦呼地飞向了高空，很快就又飞回来，再次落在玉米秆上。在她周围到处都落着这些可恶的乌鸦。它们继续用爪子抓住玉米穗，啄掉外皮，啄食着玉米粒。她绝望得快哭了，她一点儿办法都没有。

罗兰掰了几根玉米棒装进围裙里，然后赶紧往家跑。她的心怦怦直跳，手腕和膝盖不停地颤抖着。妈问发生了什么事，她不想让妈担心，所以轻描淡写地说："我看到玉米地里有乌鸦，是不是应该跟爸说？"

"总会有一些玉米被乌鸦吃掉的，用不着大惊小怪。"妈说，"快去给爸送点儿凉水。"

爸好像很淡定。他安慰罗兰说他已经用枪打死了一百多只乌鸦，燕麦地里的几乎都被消灭干净了。"玉米地会有一些损失，不可避免啊。"爸说。

"但是，那里的乌鸦真的非常多！"罗兰说，"爸，如果不能收获玉米，玛丽还能去盲人学校学习吗？"

爸严肃地看着她："情况真的有这么严重吗？"

"它们实在太多了，数都数不清。"罗兰说。

爸抬头看了看太阳，说："晚一个小时再去应该不会出什么问题，吃完午饭我就去收拾它们！"

下午，爸带着霰弹枪走进玉米地，朝飞起来的鸟群开枪射击。弹无虚发，乌鸦一只接一只地从天上掉落，没射中的仍然无所顾忌地落在玉米秆上继续大吃。爸不一会儿就打光了所有的子弹，但空中依然飞着黑压压的一片乌鸦。

现在，燕麦地里倒是没有乌鸦了，可是只要它们能够到的地方，燕麦已经颗粒不剩，只有一堆麦草而已。

妈觉得她和女儿们一定可以把乌鸦从玉米地里赶跑。她们确实也尽力了。甚至连格蕾丝也加入其中，在一行行玉米地里跑来跑去，大声尖叫着，还时不时挥舞着她的遮阳帽。可是那些乌鸦根本不理会她们，还是自顾自地吃着玉米。

"卡洛琳，别再费力了，没用的。我还是到镇上去买点儿子弹吧。"爸说。

爸走后，妈说："我们不能放弃，我就不信我们赶不走这些可恶的家伙！"

她们在炎炎烈日下，穿梭在玉米地里，一会儿的工夫就汗流浃背，但她们还是没有停下脚步，又是挥手，又是大叫，她们的双手和脸庞被锋利的玉米叶划出了一道道口子，嗓子也都沙哑了，可是一切都是徒劳的，这群鸟仍然在坦然地吃着玉米粒。

最后，妈不得不停了下来，无可奈何地说："看来我们这么做真的不起什么作用。"

爸买回了很多子弹，整整一下午，他都在玉米地里打乌鸦。爸每一枪下去，都至少会打中一只鸟。可是，乌鸦的数量却仍旧有增无减，仿佛这一带的乌鸦都一起到这里来享受玉米盛宴了。最开始只是普通的乌鸦，后来又飞来了个头更大的黄头乌鸦和翅膀上有红色斑点的红头乌鸦。成百上千的乌鸦飞来了。

第二天一大早，鸟群如浓雾一般笼罩着玉米地。早饭后，爸提着一大堆乌鸦回来了。"我没听过乌鸦可以吃，"他说，"不过，我猜它们的味道应该不错，它们的肉太肥了。"

"罗兰，你拔掉它们的毛，剖开清洗干净，我们午餐就吃炸乌鸦。"妈说，"这就叫有得必有失。"

罗兰把鸟毛拔掉，去除内脏，把鸟肉清洗干净。中午，妈开始用煎锅炸鸟肉，肉一进锅里就煎出了许多油，借着这些油就可以把鸟肉炸好了。乌鸦肉果然美味，大家一边吃一边啧啧称赞。

爸吃完午饭，又赶去玉米地了。回来的时候他一手提着乌鸦，一手抱着玉米。

"就当我们没有玉米收成好啦。"他说，"这些玉米还有点儿嫩，但我们最好还是把玉米收回来，以免被乌鸦吃光了。"

"唉，我怎么没想到这个呢！"妈感叹道，"罗兰、卡琳，你们赶快到玉米地里去把能晒成干玉米的全都摘回来，留点儿过冬啊。"

罗兰知道妈操心的事情太多了，所以没有想到这个好主意。没有了玉米的收入，他们只能从存款中拿钱来缴税、买木炭，这样一来还拿什么来供玛丽上学呢？

玉米地里黑压压一片，无数的乌鸦聚集在这里，它们用翅膀狠狠地扑打着罗兰的手臂和她的遮阳帽。卡琳尖叫着，说这些鸟啄得她很疼。

这些鸟得意忘形，好像这些玉米是它们的，所以它们拼命也要保护住。它们发出尖锐刺耳的尖叫声，疯狂地从罗兰和卡琳面前飞过，还不停地啄被打在地上的帽子，对她们进行警告。

地里的玉米都被啃得差不多了，就连那些刚长出的嫩玉米也难逃一劫。不过罗兰和卡琳还是掰了几围裙没被啄光的玉米棒回家。

罗兰回到家后准备把乌鸦清理干净用来做晚饭，可是却一只也没有找到。奇怪的是，妈却不告诉她那些乌鸦放在哪里。

"等会儿就知道了。"妈很神秘地说，"现在，我们去煮一煮玉米，再剥下玉米粒晒干。"

剥玉米粒是有窍门的。要把所有的玉米粒都切下来，还不能切得太深，否则就把根部的玉米棒也切下一截了。刚切下来的玉米粒冒出乳白色的浆汁，湿湿的，还带着黏性。

妈把玉米粒放在一块干净的桌布上，拿到外面去晒，上面盖上一块布，这样乌鸦、鸡和苍蝇就没法儿来搞破坏了。火辣辣的阳光会把这些玉米粒晒干。干玉米可以一直储存到冬天，吃的时候只要拿出来用水泡一泡，再稍微煮一下，就可以吃了。

"这是印第安人的吃法。"爸回来吃午饭的时候说，"卡洛琳，必须得承认，印第安人在某些方面还是值得称赞的。"

"他们确实有很多优点。"妈说，"你早就说过很多遍了，不需要我再去夸奖他们了。"妈其实很讨厌印第安人，不过今天她提起他们却面带笑容，好像藏着什么秘密。罗兰猜测这秘密一定跟失踪的乌鸦有关。

"把头发梳一梳，准备吃饭了，查尔斯。"妈说。然后她打开了烤箱的门，取出铁皮奶盆。盆里装满了食物，上面还盖着厚厚的一层金黄色的酥皮，闻起来喷香。妈把盆放到了爸的眼前，他立刻惊喜地大声说道："鸟肉馅饼！太棒了！"

"我们来唱首歌，就唱《六便士》吧。"妈提议道。

罗兰起了个头，卡琳、玛丽甚至连格蕾丝都跟着唱了起来：

满满一大袋黑麦，

二十四只乌鸦，

烤成一块巨大的馅饼。

切开酥脆的馅饼，

鸟儿跟着放声歌唱！

把这美味的一餐，

摆在国王的面前。

"哇，我快馋死啦！"爸说。他用一把大勺切进了馅饼酥脆的皮里，舀了一大块放在盘子里。脆皮下冒着热气，馅肉蓬松酥软。他在馅饼上浇了几匙褐黄色的肉汁，还放了半只乌鸦在旁边。乌鸦已经烤成焦黄色，肉鲜嫩得都快从骨头上滑下来了。爸把第一盘食物递给了坐在对面的妈。

切开的馅饼冒着热气，散发出阵阵香味。大家都在焦急地等待着属于自己的那一份，不断地吞着口水。小猫也在桌子底下焦急地围着大家的脚来回跑，"喵喵"直叫，它也想赶紧吃到美食。

"那个平底锅只能放得下十二只乌鸦。"妈说，"我们每个人可以吃两只，不过格蕾丝只能吃下一只，所以查尔斯，你可以吃三只。"

"你真有办法，卡洛琳！我们今年吃鸟肉馅饼，明年就可以吃上鸡肉馅饼啦。"爸边说边咬了一大口，"这比鸡肉馅饼还香啊！"

大家一致认为乌鸦馅饼比鸡肉馅饼要美味。这顿中午饭除了鸟肉馅饼，还有奶油干酪、新鲜的土豆、青豆、黄瓜、煮胡萝卜。

今天并不是星期日！只要有乌鸫，有菜园子，他们就可以天天吃得像过节一样了！

罗兰不禁想道："妈说得不错，总有一些事值得感激。"不过，罗兰也非常烦恼。现在没有了燕麦和玉米的收成，玛丽上学的事又遇到了困难。她们已经做好了漂亮的新连衣裙，还有两套新衣服，还有那漂亮的内衣裤，玛丽都只能等到明年才能穿了，这对玛丽来说实在是太残酷了。

爸将西红柿盘子里剩下的甜奶油吃得一点儿不剩，喝了几口茶，午餐结束了。他站起来，随手拿起挂在钉子上的帽子，转过头对妈说："明天是星期六，我们可以一起到镇上转一转，去给玛丽买一个箱子。"

玛丽激动得不知道说什么好。罗兰惊讶地问道："玛丽还能去上学吗？"

爸被罗兰吓了一跳，问："罗兰，你怎么啦？"

"现在家里没有了燕麦和玉米的收入，拿什么去上学啊？"罗兰问。

"你真是长大了，开始为家里着想了。"爸说，"不用担心，我决定卖掉小奶牛。"

玛丽焦急地说："不！不能把小奶牛卖掉！"

再过半年小奶牛就产奶了，到时候，两头奶牛可以供应全家人一年四季喝牛奶，吃黄油。如果现在卖掉小奶牛，他们还需要再等两年的时间，直到另一头小牛长大，才能每天有牛奶喝。

"我们可以卖十五块，这样可以帮助我们解决当前的困难。"爸说。

"姑娘们，别担心了。只要咱们都好好过日子，安排自己的生活，一切都会好起来的。"妈说。

"爸，那样的话你这一年又白干了。"玛丽有些难过。

"别难过，玛丽。"爸安慰说，"你必须得去上学，我们已经下定决心，一定要让你去上学。我们不会被一群乌鸦击退的。"

第十章

玛丽上学了

很快就到了离别的日子，明天玛丽就要去上学了。

玛丽的行李箱买回来了，箱子的外面是一层带有凹凸图案的闪亮的白锡。箱子的中央和四角都有钉子固定着的细木条，那些木条涂了一层亮漆，还有三根木条压在弧形的箱盖上，箱子的每个角上都有螺丝固定的铁块用来加固木条。当箱子关上时，两个铁栓刚好插进两个小小的铁环里，两对铁环合在一起，加上锁，就可以把箱子锁起来。

"这箱子既好看又结实。"爸说，"我还买了五十英尺绳子，可以把它捆得牢牢的。"

玛丽用纤细的手指仔细地将箱子的里里外外摸个遍，罗兰为她描述着那闪亮的白锡和光滑的漆木条。妈说："这是最新款式的箱子，用一辈子都行。"

箱子的里面是打磨得十分光滑的木板。妈在上面铺上了一层厚厚的报纸，把玛丽所有的衣物都装了进去，塞得满满的。然后，妈又在箱子的每一个角落都塞上一团报纸，以保证火车颠簸的时候，箱子里的东西不会被弄乱。因为她担心玛丽的衣服装不满箱子，所以刚才在箱底垫了好几层报纸。等东西都装进去后才发现中间垫了报纸的部位凸了起来，顶住了弧形的箱盖。妈坐在箱盖上往下一压，爸赶紧上了锁。

紧接着，爸用绳子一圈一圈牢牢地捆住了箱子。罗兰拽紧绳子的一端，爸牢牢地打了一个结。

"行啦！"爸松了一口气，"这下可捆牢实了。"

他们在忙碌的时候，还不会过多地去想玛丽要离开的事，可是现在大家闲了下来，吃晚饭的时间又没到，离别的愁绪不知不觉便漫上每个人的心头。

爸清清嗓子，随后出门去了。妈拿起针线盒，又放在了桌子上，静静地站在窗前出神地望着窗外。格蕾丝则一直央求着："玛丽，不要走好吗？我想让你讲故事给我听。"

玛丽最后一次把格蕾丝抱到膝盖上，讲起了爷爷在威斯康星大森林中遇到黑豹的故事。因为玛丽上完学再次回家时，格蕾丝就该是个大姑娘了。

等玛丽讲完故事，妈说："格蕾丝，别闹了。玛丽，晚饭想吃什么？"这将是玛丽在家里吃的最后一顿晚餐。

"你做的每一道菜我都喜欢，妈。"玛丽回答说。

"天气这么热，那我们就吃加洋葱的奶酪丸子、奶油凉拌青豆吧。罗兰，你去菜园子里摘一些生菜和西红柿回来。"妈说。

这时，玛丽问道："罗兰，我可以和你一起去吗？我想出去走走。"

"你们不用着急，"妈告诉她们，"离晚饭的时间还早着呢。"

罗兰和玛丽绕过前面的马厩，走上了那个低矮的小山坡。太阳正缓缓落下。罗兰心想，夕阳正要去休息，就像一个国王拉上了大床周围华丽的床帘一般。不过玛丽看不到这些，当然也不会有这样的想象。所以，罗兰说："玛丽，太阳正在落山，它正缓缓沉入天边那一团团白茸茸的云层中，整个云层都笼罩在一片绯红之中，就像镶了珍珠的玫瑰金色的大帷幕从天空中垂了下来。一顶巨大的华盖笼罩着整个草原。在云层的缝隙中露出一小片清澈、碧绿的天空。"

玛丽一动不动地站着。"我会怀念我们一起散步的时光的。"她说着，声音有些颤抖。

"我也是。"罗兰有些哽咽了，"不过一想到你马上就要去上学了，我还是为你高兴。"

"要是没你，我根本上不了学。"玛丽说，"一直以来，你都在帮我学习，还把你辛苦打工赚来的九块钱都给了妈，就为了帮我去上学。""

"这不算什么啊，"罗兰说，"我希望赚更多的钱，可惜……"

"那真的是一大笔钱。"玛丽反驳道，"你给了我很大的帮助！"

罗兰就要哭出声来了，她使劲眨了眨眼睛，深深地吸了一口气，声音颤抖地说："玛丽，希望学校的生活会令你愉快。"

"啊，我会的，一定会的！"玛丽激动地说，"想一想，我可以在那里学习很多东西，甚至还可以拉手风琴，我就特别高兴。这一切都是你的功劳，罗兰。虽然你还没开始教书，但是对我而言，我上大学是得益于你的帮助和支持。"

"一到十六岁我就去教书，那样的话我可以给你更多的帮助。"罗兰说。

"我真的不希望你为了我非去这么做。"玛丽说。

"我必须这么做。"罗兰回答说，"要不是法律规定必须年满十六岁才能教书，我真想现在就这么做。"

"可惜那时候我已经不在家了。"玛丽说。

就在那一刻，姐妹俩都陷入了深深的伤感之中，好像玛丽这一走就再也不会回来似的，所以她们对即将到来的空空荡荡的日子充满了恐惧。

"唉，罗兰，我第一次离开家，真不知道今后该怎么办。"玛丽坦诚地说，她的身体微微地颤抖着。

"一切都会顺利的。"罗兰鼓励她，"妈和爸会送你去学校，别担心，我相信你一定会通过考试。"

"我不怕考试。"玛丽解释说，"我会感到孤单，但那也是不可避免的。"

"不会的。"罗兰说道。过了一会儿，她清了清嗓子，告诉玛丽："太阳现在已经穿过云层了。它真是又大又亮，就像是燃烧着的一团火焰，上面的云层不停地变换着颜色——绯红色、金黄色、紫红色，整个天空都仿佛燃烧了起来。"

"我似乎能感觉到照在我脸上的阳光。"玛丽说，"不知道爱荷华州的天空和落日是不是和这里一样？"

罗兰没有回答，她也不知道。姐妹俩就这样走下小山坡，结束了最后一次散步。这最后一次散步走了那么久，好像走了一辈子一样。

"你给了我太多的帮助，我相信自己一定可以通过考试。"玛丽说，"你给我念课本中的每一个字，一直念到我完全弄明白为止。可是，罗兰，你怎么办呢？爸为了给我买衣箱、新衣服、火车票花掉了那么多钱，他用什么为你和卡琳买课本和衣服呢？"

"不用想太多，爸和妈一定会有办法的。"罗兰安慰她说，"你知道的，任何困难都难不倒他们的。"

第二天一大早，罗兰还没有穿好衣服，妈就已经收拾起鸟肉了。吃过早餐，妈炸好了乌鸫肉，放在一边晾凉，然后包好放进了一个空盒子里，准备让玛丽带上火车当午餐。

头天晚上，爸、妈和玛丽洗了澡。今天，玛丽穿上了她最好的旧印花布连衣裙和鞋子。妈穿上了那件印花布夏装，爸则穿上了做礼拜才穿的正装。邻居家的一个小伙子驾车送他们去火车站。爸和妈一个星期后才能回来，到时候他们可以直接从镇上走路回家，因为玛丽不跟着回来了。

马车来了，从车上下来一个满脸雀斑的男孩，红头发从破烂的草帽里伸出来。他和爸一起把玛丽的衣箱抬上了马车。大地被太阳炙烤着，迎面拂来缕缕微风。

"卡琳、格蕾丝，你们两个在家要听罗兰的话。"妈再三嘱咐道，"不要忘了给小鸡的盘子里装水，要时刻警惕老鹰，罗兰。对了，放牛奶的铁锅每天都要用热水消毒，而且必须拿到阳光下面晒晒。"

"放心吧，妈。"她们齐声回答。

"再见！"玛丽说，"再见了，罗兰、格蕾丝、卡琳。"

"再见。"罗兰和卡琳哽咽着说，格蕾丝只是瞪着圆圆的眼睛看着玛丽。玛丽在爸的搀扶下踩着马车的车轮上了车，跟妈还有那个驾车的男孩一起坐在座位上，而他自己则坐在了行李箱上面。

"好啦，出发吧。"爸对小伙子说，"再见，孩子们。"

马车出发的那一刻，格蕾丝张大嘴巴，"哇"的一声哭了起来。

"格蕾丝！好羞！都这么大了还哭！"罗兰也开始哽咽。卡琳看样子也要哭了。"多没羞啊！"罗兰又对格蕾丝说道。她这才勉强止住了哭泣。

爸、妈和玛丽坐着马车都没回头看一看，他们一直朝前走，离她们越来越远。罗兰第一次感受到周围是如此宁静，而且这并不是往日大草原那种快乐的宁静，让人感觉心口像针扎一样难受。

"走吧，我们回屋。"她对两个妹妹说。

屋子里笼罩着死一般的寂静，静得罗兰都不敢大声说话。格蕾丝强忍着自己的哽咽声。她们在屋里傻傻地站着，感觉屋里一下子显得空荡荡的。玛丽离开了。

格蕾丝突然又开始放声大哭了起来，卡琳的眼里也噙满了泪水。不能再这样下去了，接下来的一个星期得靠罗兰来管家了，妈可是对她寄予了厚望呢。

"卡琳、格蕾丝，"罗兰强打起精神，"别难过了，我们现在开始打扫屋子吧，彻底打扫一遍，等爸妈回来的时候，就会惊喜地发现秋天的大扫除已经提前完成了。"

这是罗兰一生中最忙碌的日子，好像做好每一件事都非常困难。她以前并不知道被褥泡在水盆里会这么重、把被子拧干再晾在绳子上要多费力。她也是第一次明白小格蕾丝帮忙会越帮越忙的道理。最让人诧异的是，她们越是努力打扫，房间似乎就越混乱，原本妈走时看起来还很整洁的屋子，结果经她们一折腾，竟然变得面目全非。

这一天，天气闷热得让人难以忍受。罗兰带领两个妹妹把干草褥套连拉带拖地弄到了外面，然后取出里面的干草，把褥套洗干净，褥套晾干后，又把新鲜的干草填了进去。她们把床架上的弹簧取下来斜靠在墙上，罗兰的手指不小心被夹了一下。接着就是卸床架，罗兰和卡琳在两边拉着床架，好不容易才搞定。突然间，床头板滑落下来，砸在了罗兰的头上，砸得她两眼直冒金星。

"罗兰，你有没有受伤啊？"卡琳惊叫起来。

"没事，不是很疼。"罗兰说。她忍着痛扶起床头板靠在墙角，结果，板子又不听话地滑落下来，砸到了她的脚背。"哎哟，疼死我了！"罗兰痛苦地叫了一声，生气地说："不管它了，它愿意躺在那儿就躺着吧。"

"可是地板还没有擦洗呢。"卡琳说。

"我知道。"罗兰有些郁闷地说。她坐在地上揉着脚背，散乱的头发紧紧地贴在满是汗水的脖颈上，衣服也被汗湿透了的了，脏兮兮的，手指甲里黑乎乎的。卡琳脸上也都是灰尘和汗水，头发里还有半截干草。

"我们还是先去洗澡吧。"罗兰有气无力地说。突然她尖叫起来："格蕾丝去哪儿啦？"

她们这才意识到有好一阵子不见格蕾丝的人影了。她曾经在草原上走丢过一次。布鲁金斯家曾有两个孩子也在大草原上走丢了，被找到时已经死了。

"我在这儿呢，外面下雨啦。"格蕾丝从外面跑了进来。

"糟糕！"罗兰大叫一声。一片乌云飘到了屋子的上空，密集的雨点倾泻而下，空中打了一声响雷。罗兰大喊道："卡琳！快点儿！被子，还有干草褥子！"

她们飞奔到屋外，褥套里塞满了干草，非常蓬松，她们很难抓牢，好不容易搬到家门口，为了能抬进去，还得把它立起来。

"我们没办法既要把它竖起来，又要抱着它进屋啊。"卡琳喘着粗气说。这时，雨点劈头盖脸地砸下来。

"快让开！"罗兰大声叫道。她一个人边拖边推，终于把干草褥子弄进了屋里。但是，另一床干草褥子和晾在绳子上的被子已经来不及收回来了。

"我们可以继续擦洗卧室的地板，先把所有东西都搬到另一间屋子里吧。"罗兰说。

在很长的一段时间里，除了轰隆隆的雷声、哗啦啦的雨声，还有刷洗地板的唰唰声，什么也听不到。罗兰和卡琳几乎是手脚并用地趴在地板上刷洗。这时，格蕾丝开心地说："我也能帮忙干活儿喽！"

格蕾丝正站在椅子上往炉灶上涂黑色涂料，她从头到脚都溅满了黑色的颜料，炉子四周的地板上到处都是一团团的黑色污痕。原来她往涂料盒子里倒满了水，她抬起头冲着罗兰她们笑着，期待能获得表扬，同时拿着抹布往壁炉上胡乱地抹着，一下子把上面的涂料盒子打翻了。

格蕾丝的蓝眼睛里立刻噙满了泪水。

罗兰扫视着一塌糊涂的小屋，心烦意乱，无可奈何地安抚着格蕾丝："没关系，别哭啦，我一会儿就把它收拾干净。"然后她瘫坐在拆散的一堆床架上，把额头埋在了膝盖上。

"唉，卡琳，我怎样做才能做到像妈那样好呢？"她带着哭腔说。

这真是糟糕的一天。到了星期五，房间基本上已经清理完了，她们担心爸妈会提前到家，所以一直干到很晚才睡。星期六也一样，她们几乎忙到了凌晨，才匆匆洗了澡睡下。到了星期天，屋子已经被收拾得整洁如新了。

炉灶周围的地板擦得雪白发亮，只剩下一点点黑色的痕迹。干净洁白的被子铺在床上，散发着新鲜干草的味道。玻璃窗擦得闪闪发光，就连橱柜里的每一层架子和架子上的每一个盘子都光彩照人。"从现在开始，我们只吃面包，喝牛奶，让盘子保持干净！"罗兰说。

剩下的工作只有洗窗帘、熨窗帘了，最后还要挂起来。星期一的时候，还有一堆衣服要洗。但现在是星期日，还能歇歇。

星期一一大早，罗兰就把窗帘洗了，等到她和卡琳洗好衣服，去挂起来晒的时候，窗帘已经干了。她们往窗帘上喷了点儿水，把它熨烫平整，然后挂好。就这样，整个屋子焕然一新。

"爸妈回家之前，千万别让格蕾丝在屋子里。"罗兰偷偷地跟卡琳说。她们谁也没有心思去散步，于是坐在屋檐下阴凉的草地上，静静地看着格蕾丝四处跑闹，耐心地等待着火车带来的浓烟。

终于，火车冒出的浓烟进入她们的视野，不过很快就在风中飘散了。接着，她们听到了火车的汽笛声，一声高过一声。她们就这样等着，当她们以为爸妈不会乘坐这趟车回来了的时候，突然看见爸妈小小的身影，沿着通往镇上的小路走了过来。

就在那一刻，对于玛丽离开家的不舍和失落又一次真切地袭来，仿佛她是刚刚离开一样。

她们迎着爸妈走去，在大沼泽的边缘接到了他们，过了一小会儿，大家便不约而同地说起话来。

爸和妈对那所盲人学校非常满意。他们说那里有高大的红砖建筑，冬天来临时，玛丽住在里面一定会感到温暖舒适的。那里的伙食也不错，同学也很友好和善。妈很喜欢玛丽的室友。老师也非常慈祥和蔼。玛丽以出色的成绩通过了入学考试，而且玛丽的那些衣服更是没人能比得上。在学校里，玛丽学习的课程有政治学、经济学、文学、高等数学，还有缝纫、编织和音乐等等。学校里还有一台大风琴。

罗兰发自内心地为玛丽感到高兴，这让她几乎忘掉了思念玛丽的痛苦。玛丽能得到这么好的机会是多么幸运啊，她本来就那么喜欢学习，现在终于可以如愿以偿啦。

"一定要让玛丽一直坚持在那儿学下去。"罗兰心想。虽然她不太喜欢念书，但她暗自发誓一定要用心学习，等十六岁一到就必须获取教师资格证。只有这样才能够挣钱帮助玛丽继续读大学。

罗兰已经把连续一个星期打扫卫生的事忘到了脑后。直到快到家时，妈好奇地问道："卡琳，你和格蕾丝在笑什么？你们有什么秘密吗？"

格蕾丝抢着说："我往炉灶上涂涂料了！"

"真的吗？"妈一边说一边走进了屋子，"看起来非常整洁。格蕾丝，罗兰肯定给你帮忙了，对吧？"接着妈环顾了一下房间，"啊，罗兰，你把窗帘也洗了？哎呀，还有窗子也擦了？我的天啊！"

"妈，我们提前帮你做了秋季大扫除。"罗兰得意地说。卡琳兴奋地补充道："我们洗了被子、被单，给褥套换了干草，刷洗了地板，每个角落都打扫得干干净净。"

妈惊讶地举起了双手，紧接着软绵绵地坐了下去，然后才缓缓放下双手。"我的天啊，你们真是吓了我一跳。"

第二天，妈打开了旅行袋，也给了她们一个大大的惊喜。她拿着三个扁平的小袋子，一个给了罗兰，一个给了卡琳，一个给了格蕾丝。

格蕾丝的袋子里是一本图画书。光滑的纸张上面印着各种颜色的图画，还粘着很多好看的布艺树叶。

罗兰的袋子里也是一本书。这本书薄薄的，宽宽的，封面是红色的，上面有三个烫金字：签名簿。签名簿的每一页都是空白的浅色纸张。

卡琳的礼物和罗兰的一样，只不过她的封面是蓝色金字。

"现在流行用签名簿。"妈告诉她们，"在温顿市，时髦的女孩子每人都有一个这样的本子。"

"这个能用来做什么呢？"罗兰问。

"你可以让朋友们在空白页上写上一句话，签上名字。"妈解释说，"如果她有签名簿，你也可以在上面签上你的名字，这样你们就可以彼此纪念了。"

"太棒了！以后我不讨厌上学了。"卡琳说，"我会给所有不认识的女孩看我的签名簿，如果她们喜欢我，我就让她们在上面签名。"

　　看见她们对签名簿爱不释手，妈也很高兴。她说："我们送玛丽去爱荷华州温顿上学的时候，我一直都在琢磨该买点儿什么有意义的东西给你们呢。"

第十一章

怀德小姐

开学第一天，罗兰和卡琳一大早就出发去学校了。她们穿上了漂亮的印花布连衣裙，因为妈告诉她们如果再不穿，等明年夏天就该不合身了。她们把课本夹在腋下，罗兰提着午餐饭盒。

清晨的空气里透着一丝丝凉意，大草原的青绿色渐渐被柔和的黄色取代。秋风吹过，带来了成熟青草的芬芳和向日葵浓郁的香味。道路两旁的向日葵随风摇曳，嫩绿色的叶子轻轻地触碰着来回摇晃的饭盒。罗兰沿着马车轮子碾出的一道车辙走着，卡琳则沿着另一道走。

"我希望怀德小姐是一位讨人喜欢的好老师。"卡琳说，"你猜她会是吗？"

"爸是这么说的。他是学校的董事，应该最了解老师了。"罗兰说，"不过他们之所以同意她来当老师，可能是因为她是阿曼乐的姐姐。卡琳，你还记得那两匹漂亮的棕色马吗？"

"他的马好并不代表他的姐姐也很好啊。"卡琳说，"不过，我猜她为人应该很好。"

"不管怎样，她有教师资格证，她知道该怎么教书。"想到自己要刻苦念书才能取得教师资格证，罗兰不由得深深叹了一口气。

这条街似乎变长了。爸的房子旁边新开了一家马车出租店，就在银行的对面。在大街尽头的铁路边耸立着一座新的谷物仓库。

"为什么在马车出租店和我们的房子之间要留出那么一大块空地来啊？"卡琳好奇地问道。

罗兰也不知道。但是，她喜欢这片空地，因为上面长着许多茂密的野草。爸的牲口棚外面堆了几堆高高的干草，这样，今年冬天他就用不着到放领地运干草到镇上了。

罗兰和卡琳走到了第二大街，然后往西走。路上零星地冒出了一些新的小棚屋，新建成的面粉厂里传出了巨大的机器轰鸣声。穿过第二大大街和第三大街之间的空地，她们看见第三大街已经搭起来的新教堂屋架，男人们正在工地上忙活着。学校门口已经聚集了一大群学生，其中有许多陌生面孔。

卡琳有点儿胆怯，罗兰也很紧张，膝盖有些发软，但是她必须在卡琳面前表现得无所畏惧，于是她只好挺胸抬头继续向前走。她觉得大家的目光都聚集在自己身上，她的手心开始冒汗，这些男孩女孩一共应该有二十多个吧。

罗兰鼓足勇气朝这群学生走去，卡琳跟在她后面。男孩子退到一边，女孩子也跟着退让到另一边。罗兰紧张得双腿连登上学校门前台阶的力气也没有了。

突然，她惊喜地看到了梅莉·鲍威尔和米妮·琼森，她们早就认识了，去年秋天，在暴风雪到来之前她们就曾经一起上过学。梅莉·鲍威尔也看到了她，高兴地冲她打招呼："真的是你吗？罗兰·英格斯。"

梅莉的大眼睛在看到罗兰的一瞬间露出欣喜的光芒，米妮那长着雀斑的脸上也露出了笑容。罗兰的心情顿时变得轻松起来，因为她一直很喜欢梅莉。

"我们已经选好座位了，我俩挨着坐。"米妮对罗兰说，"你就坐在过道的另一边，和我们并排。"

她们一起走进了教室。梅莉和米妮的书放在靠墙的后排座位上，这一边全是女生。罗兰把书放在过道另一边的书桌上。这两个后排座位是最好的。卡琳得坐在前排，因为年纪小的女孩要坐到一起，离老师近一点儿。

怀德小姐摇着铃铛从过道上走过来。她有着一头黑发，眼睛是灰褐色的，看起来和蔼可亲。她穿着一身做工精致的深灰色的连衣裙，跟玛丽最好的那套连衣裙一样时髦，裙子的前襟笔直挺括，大荷叶边的裙摆垂到了地面，小小的裙裾上面罩着蓬松的百褶罩裙。

"同学们都选好座位了吧？"她十分亲切地问道。

"是的，老师。"米妮害羞地回答。梅莉微笑着说："我是梅莉·鲍威尔，她是米妮·琼森，那是罗兰·英格斯。我们是班上年纪最大的几个女生，可以坐在这个位置吗？"

"好的，你们就坐在那儿吧。"怀德小姐友好地说道。

她走到门前摇了摇铃。学生们一窝蜂地涌进了教室，不一会儿的工夫，教室里的座位就基本坐满了，男生那边后排的位子都空着，因为年龄大的男生在放领地忙着耕作，冬天才能来上课。

罗兰看见卡琳与玛米·毕兹利坐在前面小女孩应该坐的位子上，看起来非常高兴。这时罗兰注意到一位陌生的女孩正站在过道上，她看起来和罗兰年纪差不多大，似乎同样腼腆害羞。她个子不高，不过身材十分苗条，圆圆的脸蛋上长着一双温和的褐色大眼睛。她有一头乌黑飘逸的长发，前额上是卷曲的刘海。她因为紧张，脸涨得通红，羞怯地看着罗兰。

除非罗兰主动邀请她坐在一块儿，否则她就要独自坐在那个空出来的座位上。罗兰友好地朝她微笑着，用手拍了拍身旁的座位。女孩褐色的大眼睛里立刻流露出了喜悦的神情。她把课本放在桌上，坐在了罗兰旁边。

怀德小姐让大家不要说话。她拿着点名簿，挨个儿登记学生的姓名。罗兰旁边的女孩叫艾达·莱特，她是布朗牧师夫妇的养女，所以大家通常叫她艾达·布朗。

布朗牧师是刚刚来到这个镇上教会的牧师。爸和妈似乎不太喜欢这个牧师，不过罗兰很喜欢艾达。

怀德小姐回到讲台上准备开始上课。这时，教室的门被猛地推开了，大家都抬起头来看是谁这么大胆，开学第一天竟然敢迟到。

走进来的女生竟然是住在明尼苏达州梅溪边的奈莉·奥尔森。罗兰简直不敢相信自己的眼睛。

奈莉·奥尔森现在长得比罗兰高，看起来很苗条，而罗兰长得圆嘟嘟的，又矮又胖，像一匹壮实的法国小马。虽然她们两年没见过面了，罗兰还是一眼就认出了她。奈莉的鼻子高高地翘着，小嘴噘得高高的，两只小眼睛紧挨着鼻子，高傲地看着周围的一切，样子十分做作。

奈莉总说罗兰和玛丽是乡下姑娘，她的父亲是商店老板。奈莉还曾粗鲁地跟妈说话。她对罗兰家那只忠实善良的大狗杰克也十分尖酸刻薄。可怜的杰克如今已经死了。

她上学迟到了，却一点儿也不感到羞愧，而是趾高气扬地站在那儿，好像这学校根本配不上她。她穿着一套米黄色的连身裙，裙子下摆镶着荷叶褶皱，领口和宽大的衣袖上也镶着大荷叶褶皱，脖子上系着一条蓬松的花边围巾，一头金色的直发齐齐地向头后梳过去，并在头顶上盘起了一个发髻。她始终将头抬得高高的，就连说话都仰着脖子。

"我想坐到后面的那个座位上，可以吗？"她对怀德小姐说道，同时瞥了一眼罗兰，好像在说：滚开，我要坐在那儿。

罗兰面无表情地紧盯着她，稳稳地坐在座位上。

大家都想知道怀德小姐会怎么做。怀德小姐干咳了两声，看起来有些紧张。罗兰一直盯着奈莉，直到奈莉把目光转到了一边。奈莉随即看好了米妮的座位，于是一边点头一边说："这个座位也勉强凑合。"

怀德小姐对米妮说："米妮，你能换个座位吗？"可是就在刚才，是她答应米妮坐在那个座位上的。

米妮虽然不愿意，但还是说："好吧，老师。"她慢吞吞地收拾起课桌上的书本，起身走到前面空着的位置上。梅莉坐在座位上纹丝不动，而奈莉就站在过道里等着，她不愿意绕一圈走过去。

"好了，梅莉。"怀德小姐说，"你向旁边动一动，让新来的同学坐下，我要开始讲课了。"

梅莉站了起来，"我要和米妮坐在一起。"她气呼呼地说，"我宁愿这样。"

奈莉得意扬扬地坐了下来。她一个人霸占了教室里两个最好的座位。

奈莉跟怀德小姐做了一番自我介绍，说她的父亲现在住在镇子北面的放领地上，罗兰心里有些幸灾乐祸地想：你现在不也成了一个乡下丫头了吗？而冬天我们就要搬到镇上住，那样的话，我和卡琳就是城里的姑娘了。

怀德小姐用戒尺敲了一下讲桌，说道："安静，孩子们！"

然后她面带微笑，简单地说了一些需要注意的问题。

她说："现在，新学期即将开始，各位都已经做好了充分准备，你们在学校里就要努力学习，争取获得优异的成绩。你们都知道父母送你们来这里上学，是为了让你们尽可能多地学习知识，掌握本领，而我的任务就是竭尽全力帮助你们。希望你们把我当成朋友，而不只是一个留作业的老师。我相信，在我们彼此的努力下，我们会成为很好的朋友。"

小男孩们已经在座位上坐不住了，来回地扭动身子。罗兰的心情变得烦躁，她再也没心情欣赏怀德小姐那一张笑吟吟的脸。

她希望怀德小姐停止讲话，可是她仍然充满激情地说："我们都不想成为自私刻薄的人是不是？我相信，在座的每位同学都会自觉地遵守纪律，规规矩矩做人，因此在这所快乐的学校里，我不想制订什么惩罚措施，我相信我们一定会建立起深厚的友谊，成为互相帮助的好朋友。"

最后，她说道："现在请你们拿起课本。"整个上午她都在忙着按学生的年龄大小分班级，所以没有要求大家背诵课文。在那些大男孩回来上课前，罗兰和艾达、梅莉、米妮还有奈莉这几个班上最大的女孩编成了一个高年级班。

课间休息的时候，大家聚在一起，开始自我介绍。艾达就像她的外表那样热情友善，她说："我只是一个养女，是布朗妈收养了我，她一定是喜欢我才收养我的，是不是？"

"肯定是这样的，你这么漂亮可爱，她怎么会不喜欢呢？"罗兰说。她想象着，艾达小时候一定非常可爱，黑黑的鬈发，一双大大的会笑的褐色眼睛。

奈莉对这样的谈话根本不感兴趣，她一心想让大家把注意力都放到她身上。"我不清楚我们会不会喜欢这里，"奈莉说，"我们从东部来，对这儿的荒郊野岭非常不习惯，也不习惯跟这里的乡下人打交道。"

"你不就是从明尼苏达州西部来的吗？跟我们一样。"罗兰不屑地说。

"噢，是吗？"奈莉头摇得像拨浪鼓似的，"我们其实是从东部的纽约州来的，只不过是在西部短短地住了一段时间。"

"我们都是从东部来的。"梅莉打断她的话，"走吧，我们去教室外面晒晒太阳。"

"我的天啊，我可不去！"奈莉大叫了一声，"皮肤会被风吹伤的！"

除了奈莉，她们的皮肤都有点儿黑。奈莉继续吹嘘道："虽然我还得在这个偏僻的地方生活一段时间，不过我可不想毁了我的肤色。东部的女士都会细致地呵护自己的皮肤，保持白皙细嫩。"确实，奈莉的手又白又嫩。

课间休息的时间很短暂，快上课了，怀德小姐走到门前摇了摇铃铛。

晚上回到家，卡琳滔滔不绝地讲着在学校的种种见闻，爸说她看起来就像一只饶舌的小鸟。"你别说啦，让罗兰说一说。罗兰，你为什么一直没有说话啊？发生什么事了？"

罗兰跟爸说了奈莉的事。最后她说："怀德小姐真不该让奈莉把梅莉和米妮的座位抢走。"

"你也不该批评老师，罗兰。"妈温柔地提醒道。

罗兰的脸一下子就红了。她明白，她能够上学是非常不容易的。怀德小姐能帮助她学习，她应该感恩而不应该无礼地批评老师。她现在的首要任务就是好好学习。但她还是不由自主地想："不管怎样，她那样做是不对的，对梅莉和米妮太不公平了！"

"原来奥尔森一家是从纽约州来的。"爸觉得有些可笑，"那这也不是什么值得炫耀的事啊。"

罗兰突然想起来，爸小时候就住在纽约州啊。

爸继续说："尽管我不知道奥尔森一家究竟发生了什么，但是我听说他们失去了明尼苏达州的全部财产。他接受了东部的亲戚的帮助，不然，他们在放领地有收成之前根本活不下去。也许奈莉只是为了保住自己的面子才吹嘘的吧。要是我，就不会为这种小事烦恼，罗兰。"

"可是她穿的衣服非常漂亮。"罗兰不高兴地说，"她的脸和手都嫩白细腻，什么活儿也不干。"

"你也可以戴上遮阳帽啊。"妈说，"她穿的衣服虽然漂亮，但或许很便宜呢，就像那首歌唱的一样：'脖子上系着富贵的褶边，可是脚上却连双鞋都没有。'"

罗兰觉得自己应该为奈莉感到难过，可是她做不到，她心里想着如果奈莉还待在梅溪那儿就好了。

爸从桌边站了起来，搬了把椅子来到敞开的大门前，然后说道："罗兰，去把我的小提琴拿来，我要试着把前几天从别人那儿听到的一首曲子拉一下。那人是用口哨吹出来的，我觉得用小提琴拉应该更动听。"

罗兰和卡琳轻轻地洗着碗盘，想把每一个音符都记进心里。在小提琴甜美清脆的伴奏下，爸用低沉而有磁性的声音唱了起来。

快来与我相会，

快来与我相会！

当你听到，

第一只夜莺在歌唱——喂——呼——喂哦在呼唤你的时候……

"喂——呼——喂哦"，琴声轻轻地呼唤着，就像是真的夜莺在唱歌。音调里满是温情，一声又一声地叩击着罗兰的心弦。

罗兰的内心被奈莉激起来的不满和烦恼悄然远去，她的心情变得非常平静。她想："我要当一名优秀的学生。不管奈莉有多么讨厌，我都要努力做一名优秀的学生！"

第十二章
温暖过冬

　　秋天的天气永远那么凉爽宜人。罗兰和卡琳都非常忙碌。早上，她们要帮妈做家务，准备早餐。接着，她们把食物装进午餐盒，穿好衣服，急匆匆地走几英里的路程，赶到镇上去上课。放学后，她们再赶紧回家，因为家里有很多家务在等着她们呢，她们得一直忙到晚上。

　　星期六整整一天，大家都忙得不可开交，因为要准备搬到镇上去了。

　　爸在地里挖土豆，罗兰和卡琳则跟在后面捡，并把它们装上车。她们把胡萝卜、甜菜和洋葱拔出来，削去上面的茎叶。还有番茄和黄菇娘果也要摘。

　　黄菇娘果生长在低矮多叶的灌木丛里。在硕大的叶子下面挂满六角形的小灯笼，每个比纸还要薄的灰白色小灯笼里面都包着一颗金黄色的肥嘟嘟的圆果子。

　　而紫菇娘果外面包裹着一层光滑的暗褐色硬壳。剥去壳后，里面是一个紫色的果子，像个小番茄。它比黄菇娘果大一些，但是又比番茄要小。

罗兰和卡琳白天在学校上课的时候，妈就在家里忙着做果酱——红番茄酱、紫菇娘果酱和黄菇娘果酱。至于那些在霜冻之前尚未成熟的绿番茄，妈同样不会浪费，而是用醋把它们腌起来。所以，屋子里混合着果酱的香甜味和腌菜的辛辣的味道。

"在搬到镇上去之前，我们要提前把食物准备充足。"爸说，"我们要尽快搬过去，我可不想十月份再来一次暴风雪，把我们困在这幢简陋的小屋子里。"

"今年冬天应该不会那样了。"罗兰说，"现在的天气感觉和去年不太一样。"

"是啊，"爸对罗兰的看法表示认同，"今年冬天肯定不会跟去年似的，不会来得那么早，也不会那么冷。但保险起见，咱们尽快做好准备总没有错。"

燕麦秆和玉米都被爸用马车拉到镇上去了，堆放在干草堆旁边。他还把土豆、胡萝卜等一些蔬菜都拉了过去，储存在仓库的地窖里。在随后的星期一晚上，罗兰和卡琳帮妈把衣物、餐具和书本收拾好打包，一直忙到深夜。

也就是在这次整理的过程中，罗兰发现了一个秘密。当时她正蹲在地板上，从妈衣橱的抽屉里往外拿冬天的衣服，她的手突然碰到一块硬硬的东西，就在红色法兰绒的下面。她拿出来一看，原来是一本书。

这是一本崭新的书，书皮用漂亮的绿色绒布包起来，上面印着烫金的图案。书页四周镀金的材质摸起来又光滑又柔和，看起来就像真金一样。封面上印着两行弧形的漂亮文字——丁尼生诗集。

在法兰绒下面发现这样一本精致的书，罗兰感到非常惊奇。她激动得手都有些颤抖，差点儿把书掉在地上。她忍不住翻开看了起来。在灯光下，那些从未被人触摸过的书页上印着没有人读过的文字，这些文字清晰精美，让她感到异常兴奋。诗句是横向排版的，四周还画着笔直的红线，就像保护珍宝一样将文字包围起来，红线外面是书页中留白的部分。

左边的页面上印着一行粗大的字体，是短标题：食莲者。

诗文的第一句话就是："鼓足勇气！"罗兰屏住呼吸读了起来：

"鼓足勇气！"

他说着，手指身边的小岛，

"这滔天巨浪会很快把我们卷向海岸。"

下午时分，他们登上陆地，

时光仿佛就此定格。

海岸空气滞闷，

简直让人窒息，

人们昏昏欲睡，

好似从疲倦的梦里醒来。

这时一轮明月正高高地挂在山谷上，

就像……

罗兰突然意识到这本书应该是妈藏起来的，自己没有权利打开看。她惊慌地停了下来，赶紧闭上眼睛，把书合上。但是，她几乎忍耐不住了，想继续读下去。可是她明白，自己必须抵御这个诱惑。

罗兰将书放回了红色法兰绒下面，把法兰绒再次铺好，然后关上了抽屉。她打开了上面那一层抽屉，但心情慌乱得什么也做不了。

她觉得自己应该跟妈坦白，可是她隐约猜到妈把书藏在那里，一定是想制造一个意外的惊喜。她快速地思考着，心怦怦地跳得十分厉害。她估计那本书应该是爸和妈在爱荷华州的温顿市买的，应该是提前准备的圣诞礼物。因为这么精致的一本书，又是一部很有内涵的诗集，不作为圣诞礼物的话太可惜了。罗兰现在是这个家里最大的孩子了，那肯定是给她的圣诞礼物！

如果她向妈坦白了，就会破坏爸妈特意制造的充满惊喜的节日气氛，难免会让他们感到失望。

自从发现了这本书，仿佛已经过了很久，但实际上才不过几分钟而已。这时，妈急匆匆地走了进来，说："我来收拾这里吧，罗兰，你现在该去睡觉了。"

"好的，妈。"罗兰说。她猜妈可能担心她会打开最底层的抽屉，发现那本书。罗兰从来都没有向妈隐瞒过什么，不过这次她克制着自己，什么也没说。

第二天放学后，罗兰和卡琳没有去放领地，而是来到位于主大街和第二大街交汇处的老屋里。因为爸妈已经把过冬的东西都搬来了。

厨房里放着炉子和碗橱。楼上的卧室里摆着床架，蓬松的稻草垫子已经铺在了床上，垫子上堆放着被子和枕头。妈把铺床的任务留给了罗兰和卡琳。罗兰觉得妈还是会把那本书放在衣橱的抽屉里，不过她肯定不会去碰一下。

但是，她每次路过那个衣橱，总是不自觉地想起最后看到的那句诗：

这时一轮明月正高高地挂在山谷上，

就像是……

像什么呢？她只能期盼圣诞节快点儿到来，好让她读到那首美妙的诗歌中剩下的诗句。

"鼓足勇气！"

他说着，手指身边的小岛，

"这滔天巨浪会很快把我们卷向海岸。"

下午时分，他们登上陆地，

时光仿佛就此定格。

这样的诗能带给人信心和勇气。可是，罗兰觉得圣诞节太遥远了。

楼下的房间已经被妈收拾得井井有条。暖炉被擦得锃亮，崭新的窗帘挂在窗户上，清扫过的地板上铺着干净的小地毯。向阳的角落里放着两把摇椅，只是玛丽不在家了。

玛丽不在家的这些日子，罗兰无时无刻不在想她，不过她不想把这种感受讲出来。玛丽正在盲人学校，她那么爱学习，罗兰该为她高兴才对。一位教师给爸写信说玛丽一切顺利，学习进步很快，不久之后，她就可以自己给家里写信了。

正因为如此，尽管家里的每个人都会因为玛丽不在家而感到失落难过，但是没有一个人说出来。大家准备好晚餐后，愉快地坐到餐桌前。妈说："唉，一切总算收拾妥当啦，这次可以暖暖和和地过冬了。"她边说边叹了口气，不过自己没有意识到。

"是啊，"爸说，"这次就算是再恶劣的冬天，咱们都不用怕了。"

他们并不是唯一做好准备的家庭。镇里的每家每户都准备好了。木炭场堆满了木炭，商人在自己的店铺里堆满了各类货物。磨上磨着面粉，谷物箱里装满了小麦。

"即使火车遇到大雪无法送来货物，我们这个冬天也有足够的煤和食物。"爸心满意足地说。确实，当大家知道家里有足够的粮食和煤炭，可以解决饥饿、抵御严寒的时候，心里会感到由衷的喜悦和满足，这种安全感真好。

　　罗兰很怀念以前从学校到家里要走的那一段路，虽然很远，但总是有很多乐趣。如今，早上不用匆忙地赶时间了，因为爸现在闲了下来，有足够的时间去做这些杂务。路程变短了，对卡琳来说倒更好了。

　　爸妈和罗兰都很不放心卡琳，因为她身体一直很虚弱，经历了去年那场饥寒交迫的折磨，她的身体变得更差了，现在都还没有恢复过来。除了最轻松的家务活儿，他们根本不让她干什么，吃东西也都给她最好的。可即便这样，卡琳还是长得很单薄，面无血色，和她的同龄人相比显得特别弱小。在那瘦削的小脸上，一双大大的眼睛显得有些突兀。以前上学的路程只有一英里，而且是罗兰帮她背着书本，但每天还没走到学校时，卡琳就已经非常疲惫了。她有时还会头痛，痛得厉害的时候都无法听课。住到镇上后，这一切就方便多了，尤其对卡琳来说，真是一件轻松的事情。

第十三章
上学的日子

罗兰越来越喜欢上学了，现在她认识了班上的每一个同学。她和艾达、梅莉和米妮成了无话不说的好朋友。课间休息和中午的时候，她们总是在一起。

在阳光明媚的天气里，男孩子们经常玩扔接球的游戏。有时候他们把球扔到学校的墙上，然后大家一起向大草原的方向飞奔捡球。他们常常会冲罗兰喊道："来呀，跟我们一起玩吧，罗兰！快来啊！"

女孩子到了罗兰这个年纪如果还跑来跑去玩皮球，那就像个野丫头啦。可是她真的很喜欢蹦蹦跳跳地接球、扔球，所以她偶尔会参与到男孩子们的游戏中去，她喜欢这些小一点儿的男孩。即便他们偶尔会很调皮，动作有些粗野，她也从来不会抱怨。有一天，罗兰偶然听见查理说："罗兰虽然是个女孩子，但是她一点儿也不娇气做作。"

听到这话后罗兰非常开心。她觉得自己能如此受到小男孩的喜欢，那就说明所有的人都会喜欢她。

罗兰玩球的时候很投入，蹦蹦跳跳，热得满脸通红，头发都乱成一团。不过其他的女孩子并不把她当成一个野丫头。有时候，艾达也会加入游戏，而梅莉和米妮则站在旁边看他们玩耍，为他们加油助威。只有奈莉对他们的游戏充满鄙视。

罗兰她们有时候礼貌地邀请奈莉去散步，她也会拒绝："那真的是粗野的行为。"

"她是怕她的纽约州脸被晒伤。"艾达笑着说。

"我猜她是为了留在教室里跟怀德小姐套近乎呢，"梅莉说，"你们没看见她总是一天到晚地缠着老师吗？"

"别管她。要是没有她，我们会玩得更开心的。"米妮说。

"她们的谈话内容我都能猜到，怀德小姐以前也住在纽约。"罗兰说。

梅莉笑着瞥了罗兰一眼，捏了捏她的手臂。虽然没人说出口，但是，大家心里都觉得奈莉是"老师的跟屁虫"。罗兰对此根本不在意，她是班上成绩最优异的学生，所以她不需要像"跟屁虫"一样讨好老师。

吃过晚餐，罗兰就开始认真学习，一直学到睡觉之前。每到这时，她都会特别想念玛丽，原来都是她俩一起学习的。不过她明白，此时，在遥远的爱荷华州，玛丽也正在努力学习。为了让玛丽继续留在盲人学校里，享受来之不易的学习机会，罗兰必须努力地学习，早日获得教师资格证。

就在罗兰与梅莉、艾达手挽手一起散步的时候，她的脑袋里都会不时地蹦出这些念头来。

"你们猜猜我在想什么呢？"米妮问。

"猜不到，你想什么呢？"她们齐声问。

"我敢打赌，奈莉正在为那个东西动脑筋呢。"米妮说着，冲那个驾车的人点头示意。他正驾着一辆车沿着运货的大道疾驰而过，拉车的是两匹棕色的摩根马。

两匹马修长的腿快速地飞奔着，马蹄踏起一阵扬尘。阳光下，它们的肩胛闪着亮光，黑色的鬃毛和马尾在风中飘扬。它们的耳朵都向前立着，两只眼睛炯炯有神。镶嵌在马具上的红色流苏正轻快地舞动着。

马昂头疾驰，太阳光照过来，自然地倾泻到它们身体的两侧。它们拉着一辆崭新的轻便马车，马车的挡板闪耀着光芒，黑色车顶没有一点儿污迹，带着优美的弧度一直延伸到车的前方。车轮是红色的，转轴黑得发亮。罗兰还是头一次看见这么漂亮的马车。

"罗兰，你怎么不行礼呢？"马车疾驰而过后，艾达问。

"你没看见他刚才在向我们脱帽致意吗？"梅莉附和说。刚才罗兰一直盯着漂亮的马，她觉得马车只是从她眼前一闪而过。

"噢，真是不好意思，我不是故意这么没礼貌的。"罗兰说，"那两匹骏马简直就像是一首美丽的诗，你们觉得呢？"

"米妮，你是说奈莉在对他大动脑筋吗？"梅莉说，"也难怪啊，他是个成熟的男人，而且还有自己的放领地。"

"我不止一次看到奈莉专注地看那部马车。"米妮说，"我敢保证，她已经决定要坐上这辆马车。你应该知道她心里打定主意的时候，脸上的表情是什么样的。现在，那个人就有这么一辆车呀！"

"七月四日前他还没有马车呢。"罗兰说。

"这辆车是才从东部运过来的。"米妮告诉罗兰和梅莉说，"他今年的小麦收成非常好，他卖掉小麦后就购买了这辆马车。"米妮的消息总是最灵通的，都是她哥哥阿瑟告诉她的。

梅莉慢悠悠地说："我相信你的话，她一定不会错失这个机会的。"

听了这些，罗兰感到有一点儿愧疚。她绝不会为了坐上阿曼乐·怀德的马车而去巴结怀德小姐。不过她也常常在想，如果怀德小姐喜欢她的话，也许某一天她也可以坐上阿曼乐的马车呢。

怀德小姐在学校后面那条街上有一片农地，就在学校后面四百米左右的地方。她住在放领地上的一间小棚屋里。阿曼乐早晨驾车送她到学校，放学后接她回家。每当罗兰看到这辆马车，她就憧憬着，或许哪天怀德小姐会邀请她一起坐马车。但是，这样的话，她会不会变得和奈莉一样令人讨厌呢？

刚才那辆马车从眼前经过，罗兰想上去坐一坐的想法变得更加强烈了。那两匹骏马简直太令她心驰神往了。

"上课铃快响啦！"艾达说。于是她们赶紧朝学校走去，她们从来不迟到。走到学校门口，她们拿起漂浮在水桶上的长柄勺，喝了点儿水，然后走进了教室。因为整天风吹日晒，每个人的皮肤都是黑黑的，一路走过来，满身是土。相比之下，奈莉看上去更干净、更淑女了，不但皮肤白皙，连头发都梳理得很有型。

她的脸上挂着不屑的笑容，罗兰狠狠地回瞪了她一眼。奈莉有点儿气恼，耸耸肩，扬了扬下巴。

"你有什么了不起的，罗兰·英格斯！"奈莉说，"怀德小姐说了，你爸虽然是学校董事，却没资格在学校的事务上发表意见。"

"什么？"罗兰气呼呼地问道。

"我想他跟其他人一样有资格对学校事务发表意见！"艾达语气强硬地说，"对不对，罗兰？"

"他当然有资格！"罗兰喊道。

"就是。"梅莉也说，"因为罗兰和卡琳都在这所学校读书，而其他董事的孩子没有在这里上学。"

罗兰快被气疯了，奈莉竟然敢这么说爸！怀德小姐站在台阶上摇铃，罗兰的头脑里都是铃声在叮当乱响，让她心烦意乱。她嚷道："奈莉，你现在只是个乡下丫头。你们如果能住到镇上来，或许你爸也能当学校的董事，那样他也有资格对学校事务发表意见呢。可惜，你们现在是一无所有的乡下人！"

奈莉被气坏了，她高高地举起了手，想要抽罗兰一个嘴巴。就在罗兰努力告诉自己千万不要和她一般见识，不能打她时，奈莉却放下了手，飞快地溜回到自己的座位上了，原来是怀德小姐走进了教室。

学生们都吵闹着走进了教室，罗兰也回到了自己的座位上。但她还是非常生气，气得几乎都看不见什么东西。艾达从书桌下伸过手来，握了一下罗兰攥得紧紧的拳头，仿佛在传递一种力量，意思是说："太好了！她是活该！"

第十四章
被驱逐出校

每个学生都不太理解怀德小姐的行为，尤其是男孩子们。他们从上学的第一天开始，就一直想弄清楚，究竟调皮到什么程度，才会触犯怀德小姐的底线。可是说来也怪，到现在为止，怀德小姐都没有呵斥过他们。

一开始，男孩子们只是在座位上摇头晃脑，不停地做小动作，但是怀德小姐并不理睬。接着，他们就摆弄书本和石板，发出轻微的声响，直到噪音已经严重扰乱了课堂教学，她才有所举动。她并不会严厉地斥责这些捣乱的男孩子，只是微笑地看着他们，温柔地请他们保持安静。

"我想，你可能还不知道你已经影响了别人。"她说。

男孩子根本不明白她说的是什么意思，所以她刚一转身向着黑板，吵闹声音又会再度响起。

每天怀德小姐都要对大家说上好几次，请他们稍微安静一点儿。这样的处理方式对那些安静的学生似乎不太公平。没过多久，全班男生都开始在上课时聊天，相互打闹，甚至在座位上打成一团。就连有些小女孩都坐不住了，纷纷在石板上写写画画，互相交换。

怀德小姐还是一直没有惩罚过任何人。一天下午，她用教鞭敲了敲讲桌，让全班学生集中注意力，然后语重心长地说："我信任每一个同学，相信你们都是好孩子，所以我不想惩罚你们。我希望你们能够明白我是爱你们的，更希望你们能真正信服我，因为爱，而不是因为畏惧。我喜欢你们每一个人，也相信大家都喜欢我。"这样一番讲话过后，就连最大的女孩们都有些接受不了。

"同一窝的小鸟要友好地相处。"她微笑着说。罗兰和艾达尴尬得起了一身鸡皮疙瘩。从她说的话可以得知，她根本不了解小鸟。

怀德小姐一直保持着这种微笑，不过她无法掩饰眼睛里焦虑的神色。只有她对奈莉的笑容看起来才真实，好像她只把奈莉当作真正的朋友。

有天课间休息的时候，米妮低声说："她是一个虚伪的人。"她们正站在窗户边看着男生玩游戏，而怀德小姐和奈莉在暖炉边聊得正起劲。虽然窗户边有些冷，可是她们宁愿待在这里。

"我觉得她应该不完全是这样的。"梅莉回答说，"罗兰，你觉得呢？"

"不完全是吧，"罗兰说："她只是缺乏判断力。但是，她对书本知识了如指掌。"

"是的，她很有学问。"梅莉赞同道，"可是，她就不能既懂书本知识，又懂生活常识吗？她根本无法管教这些小男孩，等到那些大男孩来了，真想象不到会发生什么事情呢。"

听了这些话，米妮变得兴奋起来，艾达也笑了。不管发生什么事情，艾达都很和善、快活，总是笑口常开。不过梅莉和罗兰则是一副忧心忡忡的样子。罗兰说："唉，无论如何，我们不能在学校制造麻烦！"她必须好好学习，取得教师资格证。

自从住到镇上之后，罗兰和卡琳每天中午就可以回家吃上热腾腾的饭菜了。热饭菜对卡琳的身体很有好处，目前看起来她的身体还没有起色，脸色依旧苍白，弱不禁风，总是很倦怠的样子。她经常犯头痛病，痛得甚至无法学习拼写。罗兰总是尽可能帮助她。不过，上午学过的单词卡琳可以记住，可是下午背诵的时候就又会出错。

艾达、奈莉还有怀德老师依旧在学校吃午饭。她们就围在暖炉旁边一起吃午饭。当别的女孩子回到学校后，艾达会和她们一块儿玩耍，而奈莉则会跟怀德小姐闲聊整整一个中午。

奈莉曾经多次跟其他女孩子说："我很快就可以坐上摩根马拉的那辆新马车了，你们等着瞧吧。"大家也对此深信不疑。

一天，罗兰带着卡琳到火炉旁边，准备脱下大衣暖和暖和。怀德小姐和奈莉正围坐在那儿，非常投入地聊着什么。"……学校董事会！"罗兰听到怀德小姐气愤地说。这时候，她们两人看见了罗兰。

"我得去摇铃了。"怀德小姐站起身来说，她从罗兰身旁经过时都没看她。罗兰心想，可能是怀德小姐对学校董事会有意见，因为想着罗兰的爸是理事会成员，所以在看到自己的时候才不说了。

下午上课的时候，卡琳又拼写错了三个单词，罗兰很心疼。卡琳的小脸变得愈发苍白了，一副可怜巴巴的样子，看得出她的头痛病又犯了，但她还在努力拼写。好在玛米·毕兹利也拼错了三个单词，这对卡琳来说多少是个安慰。

怀德小姐合上她的拼写课本，难掩失望地看着她们两个。"玛米，你坐下吧，再写一遍这些拼错的单词。"她说，"卡琳，你到黑板前来，把cataract（瀑布）separate（分开）exasperate（激怒）正确地拼写出来，每个单词写五十遍。"

说这些时，怀德小姐是一副幸灾乐祸的口吻。

罗兰尽量控制住自己的满腔怒火，但是做不到。怀德小姐是故意惩罚可怜的卡琳，想让她在全班同学的面前出丑。玛米也拼写错了，可是怀德小姐却不惩罚她，这太不公平啦！而且，怀德小姐了解卡琳身体非常虚弱，而且也肯定知道卡琳尽最大努力了，由此可见，怀德小姐真残忍，她这样做对卡琳很不公平！

罗兰无助地坐在座位上，看着可怜的卡琳勇敢地走到黑板前面。她在簌簌发抖，拼命地眨着眼睛，强忍住委屈的泪水，以保证自己不会哭出来。卡琳用纤瘦的小手握着粉笔在黑板上写出了一行一行的单词。卡琳的脸色越来越苍白，可是她仍然坚持写着。突然，她的脸变成了青灰色，双手死死抓住了黑板的边缘。

罗兰飞快地举起手，还没等怀德小姐允许她讲话，她就说道："老师，你快看啊，卡琳都要晕倒了！"

怀德小姐赶紧转过身，对卡琳说："卡琳！你回去坐下！"

卡琳额头上冒出大颗大颗的汗珠，不过脸色好了一些。罗兰松了一口气，知道她已经度过了最危险的时刻。"就坐在第一排。"怀德小姐说。卡琳勉强走到了那里，坐了下来。

紧接着，怀德小姐转过身来对罗兰说："罗兰，既然你不想让卡琳写她拼错了的单词，那你继续替她写完。"

教室里顿时鸦雀无声，大家都看着罗兰。站到黑板前写字，对像罗兰这么大年龄的女孩子来说无疑是一件耻辱的事情。怀德小姐挑衅地盯着罗兰，罗兰也狠狠地瞪着怀德小姐。

接着，罗兰朝黑板走去，她拿起粉笔，开始写了起来。她感觉脸像火烧一样，不过很快她就明白了没有人会嘲笑她。她飞快地写着，一排又一排，非常工整。

她的身后开始响起一阵阵轻轻的嘘声，教室里恢复了往日吵闹的氛围。接着她听到有人低声说："罗兰，嘘！"

原来，是查理在给她传口信："你就说写不下去了，我们都站在你这边！"罗兰感到一阵阵暖流流遍全身，但是她明白，在学校不能惹麻烦，她微笑着，皱着眉头朝查理摇了摇头。查理失望地靠在了椅背上，不再说话。站在一旁的怀德小姐把一切看在了眼里，罗兰注意到她眼中喷出了愤怒的火焰。

怀德小姐什么话也没说，也没有批评查理。罗兰转过身继续写，她愤愤不平地想："她没有什么权力这样对我。我帮她维持了班上的秩序，她应该感谢我。"

傍晚放学后，查理和他的伙伴克拉伦斯和阿尔弗雷德紧跟在罗兰、梅莉和米妮后面。

"明天我要教训教训那个无耻的家伙！"克拉伦斯吹嘘说，他为了让罗兰听见，故意说得很大声，"我要拿一根大头针，折弯后放在她的椅子上。"

"我要偷偷折断她的戒尺。"查理大声承诺，"这样就算她抓住你，也不能惩罚你啦。"

罗兰转身朝他们走去，"求你们了，各位，请不要这么做。"她恳求他们说。

"为什么不呢？那一定很有趣的，她不会拿我们怎么样。"查理争辩说。

"哪儿有趣啦？"罗兰问，"不管你们多不喜欢她，男生也不应该这么对待女性。我真诚地恳求你们不要这么做。"

"嗯，好吧，"克拉伦斯没再坚持下去，"那就算了。"

"好，那么我们就听你的。"阿尔弗雷德和查理也表示同意，虽然他们有点儿不情愿，可他们都很讲信用，言出必行。

晚上，罗兰温习功课的时候，抬起头说："不知道为什么，怀德小姐不喜欢卡琳，也不喜欢我。"

妈停下了手中的毛线活儿，温和地说："一定是你瞎猜的，罗兰。"

爸正在看报纸，这时他的目光从报纸边缘看过来："只要你不给她讨厌你的理由，你就不会有这种感觉了。"

"我没有做过让她讨厌的事情，爸。"罗兰急切地说，"或许奈莉·奥尔森说了我的坏话。"说完她低下头继续看书了。她心里在想："怀德小姐就是听了奈莉说的那些坏话才会这样。"

第二天，罗兰和卡琳早早地来到学校，怀德小姐和奈莉已经坐在暖炉旁聊天了，其他同学还没有来。罗兰向她们道过早安，然后带着卡琳走向暖炉去取暖。她经过煤箱的时候，裙子不小心被钩住了。

"啊，上帝！"罗兰尖叫了一声，停下来去解裙子。

"裙子撕破了没有啊，罗兰？"怀德小姐酸溜溜地问道，"既然你爸是学校董事会的，而且可以要什么有什么，你为什么不给我们弄一个新煤箱来呢？"

罗兰很吃惊地看着她。"什么？我怎么会有这样的权力？倒是您，作为教员，如果想要个新箱子，还是可能得到的。"

"哦，那真得谢谢你呢。"怀德小姐说。

罗兰不明白怀德小姐为什么要用这种语气跟自己讲话。奈莉马上转过头假装看书，但是她嘴角流露出一丝狡诈的微笑。罗兰不知道该说什么，于是一句话也没说。

整个上午，教室里一直都是闹哄哄的。不过还好，小男孩们是信守诺言的，他们和平常一样，并没有故意惹是生非。他们对功课一窍不通，因为他们根本就不想上学，怀德小姐被他们折腾得精疲力竭，连罗兰都有些可怜她了。

下午，刚刚开始上课时，教室里比较安静。罗兰认真地看着自己的地理课本。她正在默记巴西的出口产品，一抬头看见卡琳和玛米·毕兹利也在低头认真学习，她们两个人的脑袋凑在一起，正在一起看一本拼写课本，一边看一边静静地动着嘴唇，默念给自己听。因为太认真，两个小家伙根本没有感觉到，她们在不由自主地晃动着身体，椅子也跟着在微微晃动。

因为椅子是被螺丝钉牢牢固定在地板上的，所以罗兰猜想可能是螺丝钉松了。不过好在也没有发出什么声响。于是罗兰继续专注地看着书本，想着一些海港的事情。

突然，她听到怀德小姐用尖锐的声音说："卡琳和玛米！你们别看书了，坐在那儿摇椅子就好了！"

罗兰抬起头，发现卡琳被吓得眼睛瞪着，嘴巴大张着，脸色苍白，紧接着又涨得通红。她和玛米真的把书本合上放到桌子上，开始安静地摇晃椅子。

"我们必须要保持安静，才能好好学习。"怀德小姐温柔地解释说，"以后，要是谁打扰我们学习，我们就让他一直保持那个姿势，直到他自己感到厌烦为止。"

对于这种羞辱，玛米好像不太在意，可是卡琳几乎要哭了。

"你们两个继续摇椅子，我不叫你们停，就不许停下来。"怀德小姐得意扬扬地说。然后她开始在黑板上为男生们讲解一道算术题，可是男生们乱成一团，没人去听。

罗兰很想继续研究关于巴西的问题，可她做不到。没过多久，玛米一甩头，大胆地越过中间的过道，坐到另外一张椅子上去了。

卡琳还听话地继续摇着椅子，但是，这种双人椅子太沉，一个小女孩很难摇动起来。慢慢地，她就摇不动了。

"继续摇，卡琳。"怀德小姐甜甜地说。她没有说玛米一个字。

罗兰气得脸都憋红了，她不打算再继续控制自己的情绪了。她觉得怀德小姐既不公平，也不宽容。玛米拒绝接受惩罚，怀德小姐却不责备她。卡琳那么瘦弱，一个人根本摇不动这沉重的椅子！罗兰真是满腔怒火，她紧抿着嘴唇，坐在自己的位子上。

她想等一下怀德小姐肯定会让卡琳停下来，因为卡琳的脸色已经变得惨白，她用尽全力才能摇动椅子，可是椅子实在是太沉了。椅子摇晃的幅度越来越小，最后，卡琳使出了全身的力气，椅子却纹丝不动。

"卡琳！再用力点儿！不许停下来！"怀德小姐说，"你不是喜欢摇椅子吗？快点儿摇啊！"

罗兰从座位上站了起来。"怀德小姐！"她大声喊道，"你要是喜欢椅子摇快一点儿，我来给你摇！"

怀德小姐很冷静，似乎一切都在意料之中，或者说她正等着罗兰爆发呢。她立刻说："你尽管来摇吧！你不用把书带过来，就在这儿摇椅子！"

罗兰快速坐到卡琳旁边，轻声说："坐着别动，好好休息。"然后她分开双脚，稳稳地抵在地板上，开始摇动椅子。

爸总是说罗兰壮实得像匹法国小马，那可不是白说的。

"砰！"椅子的后腿砸在地板上。

"砰！"前腿又碰着地板了。所有的螺丝都松动了，椅子发出富有节奏的声响。

罗兰使劲地摇着椅子，心中的怒气却没有减少一丁点儿，于是她摇得越来越响，速度越来越快。

"砰！砰！砰！砰！"现在谁也别想学习了。

"砰！砰！砰！砰！"怀德小姐几乎听不到自己的声音了，她大声喊三班的同学朗读课文。

"砰！砰！砰！砰！"没人继续背诵课文，因为，谁也听不到自己的声音。

"砰！砰！砰！砰！"怀德小姐突然提高嗓门大吼道："罗兰，你和卡琳现在可以回家了，不用上课了，你们从今以后再也不要回来了！"

"砰！砰！砰！砰！"罗兰最后用椅子做了回答。然后，教室里一片死寂。

大家都听说过被驱逐出校这种事情，但在这之前只是听说而已。这种惩罚比鞭打更严重，那就是开除学籍。

罗兰再次抬起头，几乎什么都看不到了。她帮卡琳把书收拾起来，卡琳不知所措地站在她身后。然后，罗兰又到自己的位子上去收拾，卡琳则哆嗦地站在门口等她。梅莉和米妮出于同情，都不敢看罗兰一眼。奈莉也没有看罗兰，只是在专心地看书，不过嘴角微微露出了阴险的笑容。艾达痛苦地看了罗兰一眼，眼里满含同情。

卡琳打开门，罗兰走出去，然后把门"砰"地关上了。

她们走到门口，围上围巾。学校外面现在空荡荡的，一个人也没有，看起来怪怪的，就连校外小镇的路上都没有一个人影。这个时候大约是下午两点，离放学回家的时间还早着呢。

"噢，罗兰，我们该怎么办呢？"卡琳无助地问道。

"当然是回家呀。"罗兰回答道。其实，她们已经走在了回家的路上，学校在她们的身后越来越远。

"爸和妈会怎么说我们呢？"卡琳颤抖着问罗兰。

"没事，我们回去就知道了。"罗兰说，"这又不是你的错，他们不会责怪你的。都是我的错，因为我把椅子摇得太厉害了。"她又补充一句，"不过这样做我很高兴，我一点儿都不后悔！"

卡琳并不在乎究竟是谁的错，不管是谁的错，被学校驱逐都是件极不光彩的事。

"唉，罗兰！"卡琳说。她戴着手套的小手抓住了罗兰的手，两人手拉着手向前走，一路上谁也没有再开口。她们穿过主大街，走到家门口。罗兰打开门，她们一起走了进去。

爸正在桌子上写着什么，他转过头来看着她们，有些吃惊。妈赶紧从椅子上站起来，毛线团滚到地板上，小猫高兴地扑了过去，玩起了线团。

"发生了什么事？"妈惊叫起来，"卡琳是不是病了？"

"我们被驱逐出校了。"罗兰说。

妈一下子坐在了椅子上，手足无措地望着爸。在一阵可怕的沉寂过后，爸严厉地问："为什么？"

"是我的错，爸。"卡琳赶紧回答说，"爸，我真的不是故意的，但确实是我和玛米最开始引起来的。"

"不，这都是我的错。"罗兰争着说。然后她把事情的原委详细地告诉了爸。说完后，屋子里又是一阵令人害怕的安静。

爸沉思了片刻，严肃地说："你们明天早上继续去学校上学，就当什么事情都没发生过。怀德小姐的做法或许不妥当，可她毕竟是老师。我绝不允许我的孩子在学校里惹是生非。"

"不会的，爸，我们再也不会惹麻烦了。"她们保证道。

"现在把衣服换下来，坐下来看书吧。"妈说，"今天下午你们就待在家里自学。听你爸的话，这件事明天就过去了。"

第十五章
学校董事来视察

第二天早上，罗兰和卡琳去了学校。当奈莉看见她们时露出了一副吃惊失望的表情。奈莉或许希望她们永远不来上学了。

"见到你们回来我真开心！"梅莉激动地说。艾达则热情地拥抱了罗兰一下。

"她想用这种龌龊的招数赶走你们，你不会让她得逞的，对不对，罗兰？"艾达说。

"谁也没有资格剥夺我受教育的权利。"罗兰回答说。

"除非你被开除学籍。"奈莉插嘴道。

罗兰盯着她说："我从来不曾做过什么能够被退学的事情，以后也绝对不会做。"

"那当然，无论你犯什么大错都不会被开除。因为你爸是学校董事呀！"奈莉说。

"你别老是拿学校董事来说事儿！"罗兰爆发了。"我真的不明白，这跟你有什么关系？"这时她们都听见了上课铃，回到了自己的座位上。

卡琳尽量小心翼翼地遵从爸的嘱托，罗兰也是一样，不过她在心里还是厌恶怀德小姐，因为她用近乎残酷的手段不公平地对待卡琳。她甚至忍不住想对怀德小姐进行报复，但她还是努力克制着，让自己不光外表看起来是一个懂事的姑娘，而且内心也一样懂事。

教室里空前地吵闹，到处都是稀里哗啦乱翻书本的声音、做各种小动作的声音以及叽叽喳喳的交谈声。只有几个大女孩和卡琳乖乖坐在座位上认真读书。不管怀德小姐转向哪个方向，她的背后马上就会响起一片乱哄哄的嗡嗡声。突然，一阵刺耳的尖叫声响了起来。

是查理从凳子上跳了起来，用手捂住屁股。"大头针！"他叫喊着，"我的座位上有颗大头针！"他举起手中的大头针，给怀

德小姐看。

怀德小姐的嘴唇紧紧地抿着，这次她没有笑，而是很严肃地说："查理，你过来。"

查理朝大家眨了眨眼，慢悠悠地朝讲台走去。

"伸出你的手来。"怀德小姐一边说，一边去讲桌里面拿戒尺。她摸了半天，然后弯腰去找，却没找到戒尺。她问："我的戒尺去哪儿了？你们谁看见了？"

没人举手，怀德小姐气得憋红了脸，对查理吼道："去！站到那个墙角去！面向墙站着！"

查理朝墙角走去，他一边走一边用手揉着屁股，好像真被针扎疼了似的。克拉伦斯和阿尔弗雷德竟然笑出声来。怀德小姐猛地转过身来看他们，不过查理的动作更快，他朝着怀德小姐的背影扮了个鬼脸，所有的男孩子都被他弄得大笑起来。等怀德小姐回过头想看看是什么东西让他们大笑时，查理早已乖乖低下了头。

怀德小姐这样飞快地转了三四次身，可查理每次都比她快，不停地在她身后做鬼脸。这样一来，整个教室都炸开了锅，除了罗兰和卡琳目不斜视，面不改色，就连那些大女孩也都忍不住用手帕捂着嘴笑起来。

怀德小姐为了让大家安静下来，不断地敲着讲桌，没有了戒尺，她只得用拳头。即便这样，也根本解决不了任何问题。她没办法一直盯着查理，只要她一转身，查理就朝她扮鬼脸，惹得全班同学笑个不停。

男孩子们遵守了之前对罗兰的承诺，可是他们现在弄出的恶作剧比之前承诺的更加调皮。不过罗兰现在一点儿都不生气，相反她还很高兴。

当克拉伦斯从他的座位上滑下来，从过道上爬到罗兰身边时，罗兰对他笑了笑。

课间休息的时候，罗兰没有去教室外边玩。她知道那些男生打算制造更多的恶作剧，她要躲得远远的，不想听到他们的话。

果然，上课后教室里的情况更加糟糕了，男生们在教室里扔小纸团和手帕，所有的小女孩不是窃窃私语就是悄悄地传纸条。只要怀德小姐一转身面向黑板，克拉伦斯就手脚并用地在过道上爬来爬去，阿尔弗雷德紧跟在他后面爬，而查理轻快得像一只猫，蹑手蹑脚地从他俩的背上跳过通道。

他们看着罗兰，希望得到罗兰的肯定，但罗兰只是冲他们微微一笑。

"你在笑什么，罗兰？"怀德小姐突然转过了身，严厉地问罗兰。

"啊，我在笑吗？"罗兰抬起头，故作惊讶。这时，教室里突然安静下来，男孩子都回到了自己的座位上，看上去所有的人都在忙着学习。

"哼，别再让我看到！"怀德小姐狠狠地瞥了一眼罗兰，转向黑板。于是，教室里马上又陷入了一片哄闹之中。

那天上午，除了偶尔瞟一眼卡琳在做什么之外，罗兰一直很安静地看书。有一次卡琳转过头来看罗兰，罗兰把手指竖在嘴唇上，卡琳便转过去继续低头看书了。

教室里混乱不堪，怀德小姐变得惊慌失措，还没到中午放学的时间，就提前半个小时下课了。爸妈没问罗兰和卡琳为什么又提前回家。

她们把学校里的状况一五一十地跟爸说了。爸神情严肃。不过，他还是再次告诫她们："无论如何，你们一定要记住我说的话，在学校认真守纪律。"

她们牢牢记着爸的话。第二天，学校的秩序更加混乱不堪，几乎所有的学生都嘲笑怀德小姐。对于这样的状况，罗兰也始料未及，虽然她只不过是对男孩子的淘气行为报以两次微笑而已。不过她丝毫不后悔，更没有制止他们的想法。怀德小姐不公平地对待了卡琳，罗兰永远不会原谅她，绝不原谅！

现在班里的每个人都在戏弄怀德小姐，这其中还包括那些胆子很小的女生。奈莉虽然仍然是老师的跟屁虫，但是她把怀德小姐私下里跟她说的话原封不动地讲给大家听，还时不时地嘲笑一番。有一天，她说怀德小姐以前的名字叫伊丽莎·简。

"这是个秘密。"奈莉说，"她只告诉了我，但她不想让别人知道这个名字。"

"为什么？"艾达好奇地问，"这个名字听起来很好听啊。"

"让我来告诉你们吧。"奈莉说，"她小时候住在纽约州。一天，班里来了一个很脏的小女孩，跟怀德小姐坐在一起。而且——"奈莉故意停下来，把别的女孩子拉得更近些，压低声音说道，"结果她头上的虱子都爬到了怀德小姐的头发里。"

大家都退后了一步，"噢！奈莉，住口！别再讲这么恶心的事情啦！"梅莉惊叫起来。

"是艾达问的我啊，我本来不想说的。"奈莉说。

"喂，奈莉，我什么时候问过你这种事！"艾达大声说。

"你就是问了！听我说，"奈莉笑着说道，"这只是个开始。后来，怀德小姐的妈给老师写了个字条，老师就让那个脏女孩回家去了。怀德小姐的妈用了整整半天时间帮她梳洗头发，这个过程中她还大哭大叫了好几次呢。她害怕回学校去，所以她上学走得慢腾腾的，结果却迟到了。一下课同学们都开始冲她喊：'懒虫，虱子鬼，伊丽莎！'从那以后，她就再也无法忍受这个名字了。只要同学和她争吵起来，保证会用那样的话来嘲笑她。"

奈莉手舞足蹈地说着，逗得大家哈哈大笑。不过她们还是觉得这样笑话怀德小姐有点儿不应该。从此以后，大家都决定再也不告诉奈莉任何事情了，因为她就是个两面派。

如今的学校已经乱得不像学校了，怀德小姐摇铃叫大家回教室上课，所有的学生都一拥而入，故意惹恼她。她没有办法做到盯住每个孩子，结果就是一个捣蛋鬼也没抓住。他们使劲敲打石板、桌面，纸团扔得满天飞，还吹着口哨在过道上蹦蹦跳跳。他们觉得跟怀德小姐作对非常开心，合起伙来为难她、捉弄她、嘲笑她。

全班学生集体跟怀德小姐作对的场面吓坏了罗兰。在这样混乱的环境中，罗兰也无法安心学习了，这让她对未来充满了担忧，如果她不能好好学习，那就不能取得教师资格证，玛丽就不能继续留在盲人学校里了。她突然意识到，就因为自己对男孩子的淘气行为报以两次微笑，玛丽最终就不得不离开盲人学校。

罗兰似乎意识到当初不该那样做，但她并没有丝毫悔意，只要一想到怀德小姐对卡琳的所作所为，她还是非常愤怒，觉得她不可饶恕。

一个星期五的上午，艾达在一片混乱中，终于放弃了努力学习的打算，开始在石板上画画。正在学习初级拼写的孩子们，每个都故意写错单词，还在一起哈哈大笑。一气之下，怀德小姐让这些学生都到黑板上去重新拼写，自己则被夹在黑板与座位之间。艾达摇晃着双腿，一边画画一边不知不觉地哼着曲调。罗兰捂着耳朵，努力想要静下心来看书。

到了课间休息的时候，艾达向罗兰展示了她创作的画。石板上面画的人一看就是怀德小姐，画得非常像。画像下面写了几行字：

我们上学真愉快，

又笑又玩没拘束，

大家笑得肚子疼，

笑那懒虫，虱子鬼，伊丽莎！

"我费尽心思才写出这首诗，不过还是写得不太好。"艾达说。梅莉和米妮也都凑过来看热闹，然后哈哈地笑个不停。梅莉说："你为什么不请罗兰帮忙呢？她最擅长写诗了。"

"噢，罗兰，请你帮帮我好吗？"艾达向罗兰恳求道。罗兰接过石板和笔，在大家的期待中，她想到了一首适合的歌曲，她这样做主要是想让艾达满意，也许在很小的程度上，也想显示一下自己的才能。她擦掉艾达的诗句，在原处写了起来：

上学真是件有趣的事，

我们总是笑哈哈。

人人全都笑趴下，

笑那懒虫，虱子鬼，伊丽莎！

艾达和其他女孩子对这样的改写都很满意。梅莉说："看吧，我就说罗兰最擅长写诗了。"短暂的课间休息结束了，这时候，怀德小姐又摇响了上课铃。

男孩子们叫嚷着走回了教室。查理在路过艾达的座位时，看到了那个石板，艾达笑了一下，把石板递给他看。

"天啊，别拿！"罗兰悄声制止他，但是太晚了。中午放学前，男孩们已经把石板传了一圈。罗兰一直提心吊胆，怕会被怀德小姐发现，上面有艾达的画和自己的字迹呀。还好，石板顺利地传了回来，罗兰松了一口气，赶紧用抹布擦掉了石板上的画和字。

中午放学后，学生们都走出学校，准备回家吃午饭了。这天虽然天气寒冷，但是阳光明媚。罗兰看见男孩子们朝主大街走去，沿路扯开嗓子大声唱着：

上学真是件有趣的事，

我们总是笑哈哈。

人人全都笑趴下，

笑那懒虫，虱子鬼，伊丽莎！

罗兰被吓了一跳，瞬间觉得大脑缺氧。"不能让他们唱这个啊！我们必须阻止他们！噢，梅莉、米妮，我们一起喊！"她大声喊道，"男同学们！查理！克拉伦斯！"

"他们已经听不到了，"米妮说，"我们无法阻止他们。"

男孩子们在主大街处散开了，不过还好，他们现在只是在聊天。还没等罗兰松口气，一个男孩子又开始唱起来，其他人也跟着唱：

上学真是件有趣的事，

……

笑那懒虫，虱子鬼，伊丽莎！

"唉，他们怎么就不动动脑子呢？"罗兰说。

"罗兰，"梅莉说，"现在我们唯一的办法就是，谁也不说这是谁写的。艾达不会说，我肯定不会说，米妮也不会说的，对吧，米妮？"

"我发誓，我一定会保守秘密。"米妮发誓道，"可是奈莉呢？"

"她不知道是谁写的。课间休息时，她一直在跟怀德小姐聊天。"梅莉提醒她们，"你自己应该不会说吧，罗兰？"

"我不会说，除非是我爸妈直接问我。"罗兰说。

"他们应该也不会猜到是你，所以，现在没有其他人知道啦。"梅莉努力安慰罗兰。

罗兰在家吃午饭的时候，听见查理和克拉伦斯经过他们家，嘴里还唱着那首可怕的歌曲。爸说："我好像从来没有听过这首歌呀。有这么一首叫'懒虫，虱子鬼，伊丽莎'的歌曲吗？"

"我也没听过。"妈说，"不过肯定不是什么好歌。"

罗兰使劲低着头，什么也没说，她感到非常懊恼。

男孩子们在学校一直唱这首歌，包括奈莉的弟弟威利。艾达和奈莉站在教室里离怀德小姐她们较远的窗户边，她应该已经猜到奈莉说出了她的秘密。

奈莉非常气愤，她想知道是谁写的这首歌，艾达当然不会告诉她。事实上，也根本不会有人告诉她。不过毫无疑问，威利应该已经知道了，他一定会告诉他的姐姐，到时候奈莉肯定会把事情告诉怀德小姐的。

那天晚上放学，甚至一直到星期六，男孩子们还在四处传播这首歌，由于天气很好，小男孩们都在外面跑着玩。此时的罗兰在心里默默祈祷着能赶紧下一场暴风雪，让他们都进屋。罗兰从来没有这么羞愧过，她觉得自己做了一件很让人瞧不起的事情，甚至比奈莉还过分，她不过是在小范围内宣扬了一下怀德老师的秘密，而自己却将它广泛地传播开来。罗兰真的很自责，不过她更责怪怀德小姐。假如她对卡琳稍微公平点儿，自己也不会惹出这么多的麻烦。

那天下午，梅莉来到罗兰家玩。她和罗兰经常在星期六下午相互串门。她们舒适地坐在阳光明媚的前屋里。

罗兰正在用柔软的白羊毛编织一件背心，准备作为圣诞礼物送给正在上学的玛丽。梅莉则在为她爸编织一条丝质领带，也是圣诞礼物。妈坐在摇椅上织毛衣，不时还会给她们念一段教会出版的《前进报》上的有趣消息。格蕾丝在屋里跑来跑去，卡琳正在用几块碎布缝制东西。

明媚的阳光透过玻璃照进屋子，取暖炉子里的煤炭燃烧得很旺，屋子里非常温馨，这真是个舒适的下午。小猫凯蒂已经长大了，正躺在地毯上懒洋洋地伸展着四肢，舒服地打着呼噜，阳光暖暖地洒在它的身上。它偶尔会站在前门，弓起背，喵喵地叫着，想让主人放它出去看附近的狗。

凯蒂在镇上已经出名了，因为它长着一身青白相间的毛，身体修长，还有一条长尾巴，非常惹人喜爱，每个人看见它都想抚摸它。但是，凯蒂只允许罗兰一家人亲近自己。如果陌生人想蹲下来摸摸它，它必然会一面叫着一面往陌生人的脸上抓。不过旁边会有人对这人大声叮嘱："别碰那只猫！"及时制止抚摸它的行为。

凯蒂经常坐在门前的台阶上，惬意地视察小镇的每一个角落。偶尔会有男孩子或者男人牵着狗来到它的面前，打算看它们打斗。狗站在凯蒂面前耀武扬威地吼叫，凯蒂只是静静地坐着，但是它已经做好了充足的准备。一旦狗朝它扑过来，凯蒂一定会大叫着跳到狗的背上，用四只尖锐的爪子抓住狗不放。

逃跑还不行，每次凯蒂都会不依不饶地趴在狂奔的狗背上，狗疼得一边疯狂地奔跑一边咆哮。等凯蒂看跑得离家太远了，就会从狗背上一跃而下，翘着尾巴，大摇大摆地往家走，而那只狗还在慌张地继续逃命呢。正是因为这样，小镇上只有新来的狗才敢去招惹它。

星期六下午的时光是最美妙不过的了，尤其是梅莉的到来和凯蒂不时上演的闹剧。可是罗兰没有心情去享受，她呆呆地坐在那里，害怕听到男孩子又唱起那首歌来。她的心情异常沉重。

"也许我真的应该跟爸妈坦白交待。"她心里想着。不过她心里又升起对怀德小姐的怒火。她觉得自己当初写那个歌词的时候其实没有恶意，而且自己是在课间又不是上课的时候写的，其实也不算什么大错。这一切太难解释了。也许，正像妈所说的那样，过一段时间就会烟消云散。可说不定就在这个时候，有人正在给爸提起这事呢。

梅莉也是心烦意乱的。所以那天下午她们都不停地出错，针眼歪歪扭扭，有时还不得不返工。一整个下午效率都异常低下，她们对学校里发生的事情只字不提。学校再也不能给她们带来什么快乐了，她们真希望星期一永远不要到来。

星期一上午彻底乱套了。所有的孩子都不愿意去认真读书，男孩子们吹着口哨，模仿着猫叫，在过道上互相打闹。除了卡琳以外，小女孩们都小声地说话，嘻嘻地笑着，她们甚至敢从自己的座位跑到别人的座位上去。怀德小姐扯着嗓子高喊："安静！请安静！请保持安静！"但只是白费力气。

这时，有人在敲门，只有艾达和罗兰听到了，因为她俩离门最近。她们彼此看了一眼。接着，敲门声再次响起来，艾达举起手，可是怀德小姐根本不理睬她。

突然，敲门声加重了，响亮而急促，这回整个教室里的人都听见了。教室里的吵闹声慢慢降了下去，最后完全安静了下来。爸走进了教室，后面还跟着两个人，不过罗兰不认识他们。

"早上好，怀德小姐，"爸说，"学校董事会做出决定，要来视察一下学校。"

"是的，学校确实到了该整顿的时候了。"怀德小姐回答道。她的脸色紧张得红一阵白一阵。"早上好！"她向另外两个人问好。接着，她请他们和爸一起到讲台上来。他们站在讲台上俯视着下面的同学们。

学生们全都老老实实地坐在座位上，罗兰的心怦怦直跳。

"我们听说你们这里出了一些问题。"那个一脸严肃的高个子温和地说。

"是的。很高兴今天能有这个机会，跟各位先生说出实情。"怀德小姐激动地说，"这都是罗兰·英格斯惹出来的麻烦。她觉得她能管理学校，因为她的父亲是学校董事。是的，英格斯先生，实际情况就是这样。她就是这么吹嘘的，她以为我不知道，其实我听到了她说的话。"她朝着罗兰狠狠地瞥了一眼，那种得意扬扬的神色一闪而过。

罗兰坐在那里都呆住了。她没想到怀德小姐竟然公然说谎来诬陷她。

"怀德老师，听您这样说，真的很抱歉。"爸说，"但我相信，罗兰不是故意要惹麻烦的。"

罗兰举起了手，但是爸冲她轻轻摇了摇头。

"不仅如此，她还怂恿男孩子不遵守规矩，所以他们才敢这么捣乱。"怀德小姐说，"罗兰·英格斯鼓动他们干各种坏事，不服从学校管教。"

爸看了看坐在下面的查理，对他说："小伙子，我听说你坐在了一根折弯的大头针上，并因此受到了惩罚。"

"啊，不是的，先生！"查理一脸无辜地辩驳道，"我受罚不是因为我坐在大头针上，先生，而是因为我站起来拔掉了大头针。"

那个胖乎乎的学校董事竭力忍住没有笑出来，假装干咳了几声。就连那个一脸严肃的高个子也被逗乐了，胡子一抖一抖的。怀德小姐的脸涨得通红，爸的表情变得很凝重。这样一来，没人敢笑了。

爸缓慢而严肃地说："怀德小姐，你要明白，学校董事会决定站在你这边，全力支持你恢复学校正常的教学秩序。"他很严肃地扫视了一圈下面坐着的学生，接着说："所有的学生必须遵守纪律，听从怀德小姐的管教，认真学习。我们需要有一所好学校，我们一定会把学校办好的。"

爸语重心长地说出这一番话，他相信学校一定会办好的。

教室里还是鸦雀无声，并且这种安静一直持续到学校董事告辞之后。没有人坐立不安，也没有人交头接耳。所有的学生都安安静静地看书，在宁静的氛围里，各班学生都在刻苦地学习。

罗兰回到家后一直保持沉默，她不知道爸会对她说些什么。她不敢说出事情的真实情况，除非爸开口问她。吃过晚饭，洗干净盘碗，家人都坐在一起，爸说起了今天发生的事。

爸放下手中的报纸，看着罗兰问道："罗兰，你现在是不是该解释一下，你究竟做了些什么，又跟身边的同学说了些什么，才会让怀德老师产生这样的误解，认为由于我是校董，你就可以管理这所学校了？"

"我从来没那么想过，也没那么说过，爸。"罗兰着急地解释道。

"我猜想你也应该不会这么说，但是她这么认为肯定有原因。你想想，到底是什么事情呢？"

罗兰开始仔细地回想。对这个问题她一点儿思想准备都没有，因为她在内心里一直在为自己申辩，试图证明怀德小姐撒谎了。可是她从来没有追寻过怀德小姐说谎的原因。

"你是不是跟别人提到我是学校的董事了？"爸问道。

罗兰想起来了，是奈莉·奥尔森经常把这件事放在嘴边。然后，她猛地想起那次她和奈莉的争吵，当时奈莉差点儿动手打罗兰的耳光。于是，她说："奈莉有次对我说，怀德小姐跟她说你虽然是学校的董事，但是在学校事务上你没资格发表意见，我就说……"

罗兰那时正在气头上，根本记不清自己说了些什么，她只能回忆个大概："我说，你跟其他的董事一样能够发表自己的意见。我还说，她爸在镇上连房子都没有，真是太可怜了。假如她不是个乡巴佬儿，她爸也可能是校董的。"

"唉，罗兰。"妈担忧地说，"她听你这么说肯定会生气啊。"

"我就是要让她生气！"罗兰说，"当初我们住在梅溪时，她总是嘲笑我和玛丽是乡下姑娘，现在我就是要让她体会一下被人嘲笑的滋味！"

"罗兰！"妈劝她说，"那都是以前的事情了，你应该对她宽容一些。"

"她对你说话粗鲁，不尊重你！对杰克也非常残忍！"说着，罗兰的眼睛里充满了泪水。

"好啦，杰克已经去了天堂，它是条好狗。听你这么一说，我明白了，奈莉把你的话添醋加油地跟怀德小姐转述了一遍，结果引起了这些麻烦。"爸拿起了报纸，"不过，罗兰，通过这件事你也算得到了一个教训，那就是'向你说别人坏话的人，也会对别人说你的坏话'。"

大家半天都没有说话，卡琳又开始学习拼写了。妈说："罗兰，我想给你写点儿东西，去拿你的签名簿来。"

罗兰跑到楼上，取来了签名簿。妈坐在桌边，用她那支袖珍水笔写了起来。写完后，她拿着本子借着油灯的光热烘干了墨迹，然后将本子递给了罗兰。

光滑的乳白色的页面上，妈用好看的字体写着：

如果你想探寻智慧之路，

那你一定要牢记以下五件事：

要在合适的时间，

合适的地点，

用合适的方式，

对合适的人，

讲出另一个人的可以公之于众的事。

永远爱你的妈妈

卡洛琳·英格斯

1881年11月15日写于德斯梅特

第十六章
时髦的名片

每家每户都为过冬做好了一切准备，可看起来冬天似乎不会来了。每天都是阳光明媚、晴空万里的好天气，土地虽然被冻得很硬，可是一片雪花也没有落下来。

秋季学期结束后，怀德小姐就回明尼苏达州去了。代替她的新老师是克里威特先生，他不苟言笑，非常严厉。他上课时，教室里一点儿嘈杂声都没有，课堂上能听到的只有轻轻的背书声，学生们都规规矩矩地坐在座位上，整齐有序，每个人都在勤奋地学习。

较大的男孩也都来上学了，其中就包括凯普·卡兰德。他的脸被晒成了红棕色，灰白的头发和淡蓝色的眼睛在皮肤的映衬下，看起来颜色更浅了。他的笑容还是一闪而过，不过看上去却像阳光一般温暖。大家都还记得去年冬天，就是他和阿曼乐·怀德冒着大风雪给大家运来了小麦，以至于小镇上的人没有被活活饿死。班恩·乌渥兹也回来了，还有弗雷德·吉伯特，他的父亲曾在火车停运后运送来了最后一批邮件。跟他们一起回来上课的还有阿瑟·琼森，他是米妮的哥哥。

雪还是迟迟没有下来。课间休息和午休的时候，男孩子们就一块儿玩棒球，大女孩们不再出去活动了。

奈莉在用钩针编织东西，艾达、米妮和梅莉常一块儿站在窗前，看男生们打球。罗兰大部分时候都在座位上认真学习，只是偶尔会跟她们聊聊天。罗兰快满十五岁了，她的紧迫感与日俱增，总是担心自己十六岁时不能通过考试，无法取得教师资格证。

"罗兰，快点儿过来啊，看他们的球赛多精彩！"一天中午，艾达对她说，"你有什么好着急的啊，还有整整一年的时间呢，足够你学习的了。"

罗兰合上书本，来到了窗边。她很高兴大家都喜欢和她在一起。奈莉轻蔑地把头一扬，说："我真庆幸自己可以不用去当老师。即使我不去工作，也能过上好日子。"

罗兰努力地压制着自己的情绪，温柔地轻声说："你确实不需要工作，奈莉。不过，你应该知道，我们家至少还没穷到需要靠东部亲戚救济才能活下去的地步。"

奈莉气得说起话来都结巴了。梅莉冷冷地对奈莉说："罗兰去当老师，那是她自己的梦想，这跟别人有什么关系呢？罗兰很聪明，她一定会成为一位好老师的。"

"说得没错！"艾达说，"她是我们班上最棒的……"话音未落，教室的门被推开了，凯普走了进来。他刚从镇上过来，手上还拿着一个条纹纸袋子。

"嗨，姑娘们，"他边说边盯着梅莉看，开心地笑了，把袋子递给她说，"要不要吃点儿糖果？"

奈莉抢先一步。她大叫了一声："哦，凯普，你简直太好了！"然后就抢过了那个小纸袋。"啊，你怎么知道我最喜欢吃糖果呢？"她冲着凯普露出了灿烂的笑容。罗兰第一次看见她笑得这么夸张。凯普显然也被这架势吓了一跳，脸上写满了尴尬。

"你们几个要吃吗？"奈莉装出一副很大方的样子，然后迅速地把开着的纸袋在每个人面前晃了一下，她自己拿出一颗糖吃了，接着把剩下的装进裙子口袋里。

凯普可怜巴巴地看着梅莉，可是梅莉却转过了头，看着别处。凯普很不自在地说："哦，你喜欢吃糖果我很高兴。"然后，就到外面去玩球了。

第二天中午，凯普又带了些糖果还想给梅莉，可这次又被奈莉一把抢了过去。

"哇，凯普，你又给我带糖果来啦，真是太贴心了！"奈莉笑眯眯地看着凯普。这次她离那些女孩稍微远了一点儿，除了凯普，她的眼中就没有任何人了。她接着说："我可不是贪吃的小猪，不会一个人吃光的，你也吃一块，凯普。"凯普拿了一块糖，奈莉很快把剩下的几块都吃光了。她一边吃，一边不断地夸赞凯普，说他又高大又威猛，真是非常棒。

凯普看起来有点儿无助，不过也很高兴。罗兰心想，他根本不是奈莉的对手。梅莉很好面子，她根本不愿意跟奈莉去竞争。罗兰愤愤不平地想："难道奈莉这样的女孩想要什么就能得到什么吗？"

奈莉一直拉着凯普，让他安安静静地听自己说话，直到克里威特先生摇响了上课铃。其他人都假装没有看见他们。罗兰请梅莉在她的签名簿上留言。除了奈莉，所有的女孩都忙着在彼此的签名簿上留言。奈莉没有签名簿。

梅莉端坐在桌前，拿起笔认真地思考了一下才落笔，其他女孩子都在旁边看着，她们想看梅莉写些什么。梅莉的字写得非常好看，而且那首诗也很有意境：

山谷的玫瑰终会凋谢，

青春的欢乐也不再来，

友谊之花却永远盛开。

现在，罗兰的签名簿里已经珍藏了很多留言。在妈留言的下一页就是艾达写给她的话：

在记忆的金色盒子里，

请为我——爱你的好友

珍藏一颗珍珠吧。

凯普总是找机会越过奈莉的肩膀朝梅莉她们看，可是她们根本就不理会他和奈莉。米妮邀请罗兰在自己的签名簿上留言，罗兰说："我会给你写，不过，你也得给我留言。"

"梅莉的字跟印刷出来的一样好看，我比不上她，但是我会认真写的。"米妮诚恳地说着，然后坐在座位上开始写：

当我写下的名字

已经渐渐褪去颜色，

签名簿的书页

也随着岁月而泛黄，

请你也要时常想起我，

别把我遗忘。

无论我身在何方，

都依然把你放在心里。

这时，上课铃响了，大家都回到了自己的座位上。

下午课间休息的时候，奈莉看着大家的签名簿，一脸鄙夷地说："以前我也有一本这个，但是现在它已经过时啦。"大家对她说的话都不太相信。她继续说道："在明尼苏达州的东部地区，现在最流行的是名片。"

"名片是什么？"艾达问道。

奈莉故作吃惊地笑着说："唉，你怎么连名片都不知道！现在东部地区每个人都在交换名片。到时候我把名片带到学校来让你们看看，不过我不会送给你们的，因为名片是需要互相交换的，而你们没有。"

当然，还是没人相信她。大家的签名簿都还是崭新的呢，怎么可能过时呢？罗兰的签名簿可是妈九月份才在爱荷华州温顿市买的啊。在放学回家的路上，米妮说："奈莉说的肯定不是真的，我根本不相信她有名片，我也不相信有这种东西存在。"

但是，第二天早上，米妮和梅莉为了能早点儿看到罗兰，便直接跑到她家门口等她上学。原来，梅莉已经见过名片了。银行隔壁的报馆老板杰克·霍普最近正在忙着印制名片。那种卡片是彩色的纸片，上面印着各种各样的花鸟图案，之所以叫名片，是因为名字会印在这些卡片上面。

"不过，我仍然不相信奈莉会有名片。"米妮坚持说道，"她只不过比我们先发现这个东西而已，然后自己去弄几张来，假装说那是从东部带过来的。"

"印制名片要用多少钱？"罗兰问。

"根据印刷的图案和字体来收费。"梅莉告诉她们说，"我花了两角五分钱，印了一打最简单的。"

罗兰沉默了。梅莉的父亲是裁缝，整个冬天都有生意。而爸得一直等到明年春天才有木匠活儿可做。家里五口人都需要依靠爸来养活，而且玛丽在盲人学校读书的费用也得他来负担。如果为了赶时髦而花掉两角五分钱，罗兰觉得那真的是太愚蠢了。

果不其然，那天早上奈莉根本没有带名片来。她冒着寒风走了很长的路才来到学校，她来到暖炉边暖手的时候，大家就赶紧围过来，米妮问她名片带来了没有。

"天啊，我把这件事给忘了！"奈莉说，"我应该在手上拴根线来提醒自己。"米妮朝梅莉和罗兰看了看，眼睛里的神情好像在说："我早说过了，她根本就没有名片。"

中午的时候，凯普又带着糖果来找她们。奈莉站在门边，甜甜地对着凯普说："哇——凯普！"她正伸手要去抓糖果袋子，罗兰却抢先一把抓了过来，然后转交给了梅莉。

在场的每个人都惊呆了，就连罗兰也对自己的冲动难以置信。不过凯普的脸上马上露出了微笑，他感激地看了罗兰一眼，转头望向梅莉。

梅莉对凯普说："谢谢你，凯普，你的糖果我们都很喜欢。"她把糖果分给了大家。凯普则心满意足地跑出去玩球，走到一半时还回头看看，露出幸福的表情。

"给你吃一块，奈莉。"梅莉对她说。

"我当然要吃的！"奈莉选了块最大的，"我的确喜欢凯普的糖果，不过至于他这个人嘛……哼，我还真是看不上。"

梅莉的脸羞得通红，不过她没有接话。罗兰气得脸都发烫了，她压不住心里的火，冲着奈莉喊："如果你能抓住他，估计早就拼命来抢啦！你知道的，这些糖果本来就是凯普带给梅莉吃的。"

"天啊，我用手指头就可以完全控制他，只要我愿意。"奈莉吹嘘道，"我之所以跟他走得近，其实是看上了他的朋友，就是名字很可笑的小怀德先生。"说着，她得意地笑笑："看着吧，不久以后我就会坐在他那辆马车上。"

罗兰觉得她说得没错，奈莉和怀德小姐之间的关系那么好，奈莉确实有机会坐上她梦寐以求的那辆马车。可是，令罗兰不解的是，怀德小姐的弟弟从来没有让奈莉坐过他的马车。至于罗兰，她明白自己已经亲手毁掉享受坐上怀德座驾的机会了。

梅莉的名片在一周后就印好了，她很高兴地带到学校来。名片非常好看，用的是浅绿色的硬卡纸，上面印着一只站在金色树枝上放声歌唱的小鸟。名片的最下方用黑色字体印着"梅莉·鲍威尔"。她送给米妮、艾达和罗兰一人一张，尽管她们根本没有名片能和她交换。

在同一天，奈莉也带来了自己的名片。她的名片是浅黄色的，印着一束三色紫罗兰和和一个卷轴，上面写着"忆往昔"。名片的最下角是手写体的名字。她和梅莉交换了名片。

第二天，米妮说她爸给了她钱，她打算放学后去印制名片，问谁愿意陪她一起去。艾达去不了，她坦率地说："我没有时间陪你去。我是个养女，放学后得赶紧回家，做些力所能及的家务活儿。我也不能花钱去印名片，因为在布朗牧师的眼中，这绝对是虚荣的表现。所以你印出来给我看看，我就很高兴啦，米妮。"

"她多可爱啊！"梅莉说。的确如此，人们都会情不自禁地喜欢上懂事、善良的艾达。罗兰也想像艾达那样乖巧，但是她做不到。她心里还是非常想有自己的名片的，甚至她都有点儿嫉妒梅莉和米妮了。

在报社的办公室里，霍普先生身上围着满是油墨污渍的围裙，拿出名片样本，在柜台上摊开让她们挑选。每一张似乎都比前一张好看，让人爱不释手。奈莉的名片也在其中，罗兰笑了起来，这说明奈莉的名片果真是在这里做的，而不是从东部带来的，她有些幸灾乐祸。

这些名片颜色很淡雅，有些还镶着金边。共有六种花草样本可供选择，其中一种是一个鸟巢搭建在花丛中，鸟巢边上站着两只可爱的小鸟，上面印着一个烫金的"爱"字。

"这个是专门给小伙子们用的。"霍普先生告诉她们说，"因为只有他们才敢把印了'爱'的名片递给别人。"

"当然。"米妮低声说道，脸红了。

对着这么多漂亮的样式做出决定实在太难了，霍普先生等了一会儿，最后说："我得赶紧去印刷报纸啦，你们慢慢挑选吧。"

霍普先生回去继续给铅版上油墨，然后把一叠纸放在铅版上面。等到他点灯的时候，米妮才最终选定了淡蓝色的名片。这时的米妮也觉得很不好意思，因为时间实在太晚了，所以她们都赶忙往家跑。

罗兰气喘吁吁地跑回家，爸正在洗手，妈正在往餐桌上摆放晚餐。妈问："罗兰，你去哪里了？"

"对不起，妈。我没想到会回来这么晚。"罗兰抱歉地说。吃饭的时候她把陪米妮去印制名片的事情告诉了他们，当然她并没有说自己也想要名片。爸不由得感叹霍普先生真会想办法，换作自己根本不会想到引进这些新潮的东西。

"做名片需要花多少钱？"爸问。罗兰回答说，最便宜的一打也要花两角五分钱。

等到快要上床睡觉的时间，罗兰仍然在忙着学习，她对着墙壁发呆，回忆着1812年战争的相关知识。这时，爸放下报纸，喊罗兰过来。

"什么事，爸？"罗兰问。

"你是不是也想要现在流行的名片？"爸问。

"咱俩想到一处去了，查尔斯。"妈说。

"是的，我确实喜欢。"罗兰承认了，"但是那并不是必需品，也没有什么大用处。"

爸对她眨眨眼，眼睛里含着笑意。他从口袋里掏出一些硬币，挑出两枚一角的和一枚五分的递给了罗兰，"给你，罗兰。这些应该够你买名片了。"

罗兰犹豫了。她小声问道："爸，你真的觉得我可以印名片吗？咱家能承受吗？"

"罗兰！"妈语气坚定地说。她的意思是："你难道不相信你爸做的决定？"罗兰赶紧说："爸，谢谢你！"

妈说："罗兰，你很懂事。其他同学能享受到的快乐，我们也一定会让你享受到。如果明天早晨你抓紧时间，上学前就能订好名片。"

晚上，罗兰躺在床上久久不能入睡。她觉得自己并不乖，不如玛丽和艾达那么好，她充满了愧疚感。可是，她一想到马上就要有自己的名片了，就兴奋不已。这样一来，她就可以跟梅莉和米妮交换名片了，而且她和奈莉扯平了。

霍普先生承诺星期三中午就会把名片印出来，时间一晃就到了。妈没让罗兰洗盘子，于是她飞奔着跑去报馆办公室取名片了。名片已经印好了，底色是淡淡的粉红色，上面的图案是一束粉色的玫瑰和蓝色的矢车菊，中间有一行很娟秀的字迹"罗兰·伊丽莎白·英格斯"。

眼看上学就快迟到了，罗兰来不及慢慢欣赏名片了，她急匆匆地沿着人行道走着，她要从第二大街长长的街区走过去。突然，一辆闪光的马车停靠在她身边。

罗兰一抬头看到了那两匹棕色的摩根马，吃了一惊。阿曼乐·怀德先生摘下了帽子，站在马车旁。他伸出一只手，彬彬有礼地问："愿意坐我的马车去学校吗？这样可以早点儿到学校。"

阿曼乐拉着罗兰的手，扶着她登上了马车，然后坐在她的身边，抓着缰绳催马前进。这时的罗兰既惊讶又害羞，还有终于实现

梦想的喜悦，竟然一时语塞。马轻快地小跑起来，它们转动着小耳朵，等候着快跑的口令。

"我……我叫罗兰·英格斯。"罗兰说。这样的开场白实在有点儿傻，他当然知道她的名字。

"我认识你的父亲，其实，我早就注意到你了。"阿曼乐说，"我经常听姐姐提到你。"

"这两匹马真好看！它们叫什么名字？"罗兰虽然知道马的名字，但她实在想不出更好的话题了。

"右边的这匹叫贵妃，左边的那匹叫王子。"阿曼乐告诉她。

罗兰非常想让马飞奔起来，但是提这样的请求有点儿不礼貌。接下来陷入了尴尬的沉默，罗兰想谈谈天气，但好像同样愚蠢。

他们就这么走过了一个街区，罗兰苦思冥想却不知道该怎么开口。"刚才我去取名片了。"罗兰忽然脱口而出，她自己也没有想到会冒出这句话。

"是吗？"他说，"我的名片很简单，是在明尼苏达州印的。"说着，他从口袋里掏出一张送给罗兰，另一只带着手套的手一直牢牢地抓住缰绳不放。这是一张普通的白色名片，只是用古体英文字体印着"阿曼乐·詹姆斯·怀德"。

"我的名字听起来像是外国名字。"他说。

罗兰想用好听的话来形容他的名字，于是说："这名字听起来非常特别。"

"这个名字里寄予了全家人对我的希望。"他表情严肃，"按照家族规矩，家里一定要有个叫'厄尔曼佐尔'的人。在一次战争中，一个叫'厄尔曼佐尔'的人救了我们家族中一个男子的命，所以，后来改成更像英文发音的'阿曼乐'，不过我看无论怎么改，这个名字还是有点儿奇怪。"

"我觉得这个名字听起来挺有趣的。"罗兰真诚地说。

她确实是这么想的，但现在的问题是该怎么处理阿曼乐送给她的名片呢？直接还给他似乎很没有礼貌，可是也许他并不准备把名片送给她。思来想去，罗兰决定就把那个名片拿在手里。这样一来，如果他想要，随时都可以拿回去。转眼间，两匹马已经跑到第二大街了，罗兰越来越慌张了，她不知道该怎么办。她记得奈莉说过，名片是要相互交换的。如果他没有收回自己的名片，她是不是应该给他一张自己的名片呢？

罗兰把名片往他那边拿了一点儿，希望他能注意到它。可是，阿曼乐仍然聚精会神地继续驾车。

"你……你要把名片收回去吗？"罗兰问。

"你收下吧，如果你愿意的话。"他回答道。

"嗯，我的名片你要吗？"她从包里拿出一张名片递给他。

他接过名片，并向她道谢。"你的名片非常漂亮。"他说着，把她的名片放进了口袋里。

到了学校门口，阿曼乐勒住缰绳，跳下马车，摘下帽子，伸出手来，罗兰下了马车。事实上，罗兰并不需要他的帮助，她只是轻轻碰了一下他的手，就轻盈地跳到地上了。

"谢谢你让我搭车到学校。"她说。

"不客气。"他回答说。这时罗兰才注意到他的头发不像自己印象中那么黑，而是深棕色的。他有双深蓝色的眼睛，被晒得黝黑的脸庞衬托得更加深邃。他看起来就给人一种很可靠、很爽朗的感觉。

"你好，怀德！"凯普朝他问好。阿曼乐向凯普挥了挥手，然后驾着马车走了。这时，克里威特先生正在摇上课铃，学生们纷纷涌进了教室。

罗兰赶紧跑到自己的座位上坐了下来。艾达激动地看了她一眼，碰了碰她的胳膊，小声地说："天啊，你不知道刚才你们坐车过来的时候，奈莉脸上的表情啊！"

坐在过道那边的梅莉和米妮也笑嘻嘻地朝罗兰看，奈莉则故意扭过头去望着别处。

第十七章
联谊会

一个星期六的下午，梅莉又去了罗兰家。因为兴奋，她的小脸蛋都是粉红色的。她告诉罗兰，下周五晚上在丁汉姆家具店的楼上将举办一场"一角钱联谊会"，是妇女互助社团发起的。

"你去我就去，罗兰。"梅莉说，"英格斯太太，罗兰能去吗？"

罗兰没问"一角钱联谊会"究竟是怎么回事。她虽然非常喜欢梅莉，但和她在一起总觉得有点儿自卑。因为梅莉的衣服都是她父亲缝制的，穿起来既合身又漂亮。而且她的头发也很时髦，留着漂亮的刘海。

妈也是第一次听说妇女互助社团这个组织，她说罗兰可以去参加联谊会。

说实话，奥尔登牧师从梅溪过来却没能担任本地区的牧师，这让爸妈非常失望。一直以来，他都想来这里当牧师，教会也做了相应的安排。可是当他来到这里才发现，布朗牧师已经建好了教会，并且自己当起了牧师。于是，奥尔登牧师只好以传教士的身份去更远的西部了。

　　当然，爸妈并不会因为这个缘故对教会组织的活动失去兴趣，妈也将会参加妇女互助组织的活动。不过，奥尔登牧师不在教会，他们再也找不回原来的那种感觉了。

　　罗兰和梅莉在随后的一个星期里，焦急地盼望着联谊会赶快到来。米妮和艾达不敢保证她们最后能不能参加活动，因为想要参加这个联谊会，每个人需要交纳一角钱。至于奈莉，她说根本不感兴趣。

　　总算到了星期五，罗兰和梅莉都觉得整个白天过得非常漫长，她们终于盼到了天黑。罗兰放学回家后，没有脱掉上学穿的裙子，而是直接在裙子外面套上了围裙，开始做家务。她早早地吃了

晚餐，刷完盘子，就开始为即将到来的联谊会做准备。

妈很仔细地把她的裙子刷干净。这是一套棕色的羊毛公主裙，高领子紧贴着罗兰的下巴扣起来，长长的裙摆垂落到长筒靴的鞋面上。袖口和领口镶着一圈红边，前襟钉着棕色的牛角纽扣，每颗纽扣的正中央雕刻着小城堡的浮雕。

罗兰站在穿衣镜前，在灯光的照射下仔细地梳理头发。一会儿盘成发髻，一会儿又披散下来，弄了半天都无法让自己满意。

"妈，我想让你帮我剪个刘海。"她恳求着，"梅莉留的就是刘海，看起来非常时尚。"

"你现在的发型已经很好看了啊。"妈说，"梅莉是个好女孩，可是她的刘海看起来很轻浮。"

"我喜欢你的发型，它很合适你。"卡琳安慰她，"这么漂亮的棕色，又长又蓬松，灯光一照，看起来还闪闪发光。多好啊！"

罗兰看着镜子里的自己，觉得还是很不满意。她不由自主地想到额前那几绺短短的头发，如果往后梳，它们是完全看不出来的，现在她把它们向前梳过来，下垂着，这样就形成了一道薄薄的小刘海。

"妈，求你啦。"罗兰恳求道，"梅莉的刘海是厚厚的，我不做那样的。我只把这缕头发剪短一点点，再把它们卷起来做成刘海。"

"那好吧。"妈终于妥协了。

罗兰飞快地从针线篮里拿出剪刀，站在镜子前面，把额前的头发剪成了大约五厘米长的短刘海。然后，她把长长的石笔放在炉火旁烤热，再拿着没有温度的那边将额前的短发一撮撮卷在笔的外面，利用石笔的温度使刘海都卷了起来。接着，她又把其余的头发向后梳理平顺，然后扎成辫子，再把长辫子平平整整地盘在脑后，用发针牢牢地别起来。

妈说："转过来让我看看，罗兰。"

罗兰问："妈，你喜欢吗？"

"看起来不错。"妈说，"但是，我更喜欢你刚才没剪刘海的发型。"

"让我也看看。"爸从报纸里抬起头说。他用充满爱意的目光久久地打量着罗兰的脸，"挺好。如果你喜欢这种发型，那这个'疯狂刘海'做得非常成功。"

"我也这么认为，这个发型非常好看。"卡琳轻声说道。

罗兰穿上了棕色外套，外套上有蓝色内里的尖帽。帽子上面棕色和蓝色的边缘都是锯齿边的，帽子上有两根长长的带子，可以像围巾一样围在脖子上。

罗兰对着镜子里的形象好好打量了一番。她的脸蛋因为兴奋变得红扑扑的，卷曲的刘海刚好露在帽子外面，看起来非常时髦，她那双湛蓝色的眼睛被衬得格外明亮。

妈给了她一角钱，说："祝你玩得开心，罗兰。不需要我再提醒你了吧，一定要注意自己的行为举止。"

爸问："需要我把她送到丁汉姆家的门口吗，卡洛琳？"

"不用啦。那儿又不远，就在大街对面，她会和梅莉一起去。"妈说。

罗兰走出屋子，身影消失在星光闪闪的夜幕之中。她充满了期待，心跳得厉害。外面很寒冷，呼出的气都变成了一团白雾。药房和杂货店前面的人行道上闪着点点煤油灯光，在家具店的二层有两扇灯火通明的窗子。梅莉从裁缝铺里走出来。裁缝铺和家具店之间有户外楼梯，她们一起爬上了这段楼梯，来到了家具店的楼上。

梅莉轻轻敲了敲门，开门的是丁汉姆太太。她个子不高，穿着一件黑色连衣裙，衣领和袖口上都镶着白色的褶皱花边。她朝梅莉和罗兰问了好，收了她俩每人一角钱，然后说："请到这边来，脱下你们的外套吧。"

整整一个星期里，罗兰都迫不及待地想知道联谊会是怎么回事，而现在，她已经来到会场了。已经有人坐在灯火通明的房间里，当罗兰跟着丁汉姆太太从这些人旁边匆匆经过时，她感到有些不好意思。她和梅莉来到一个小小的卧室里，脱下外衣和头巾，放到床上，然后她们安静地回到大房间里，在椅子坐下来。

约翰逊夫妇分别坐在窗户的两边。窗户上挂着的圆点窗帘是瑞士风格的，一张干净的大圆桌摆放在窗户前，上面放着一盏大大的油灯，外面套着白瓷灯罩，灯罩上绘制着红玫瑰的图案。油灯旁还放着一本绿丝绒面的相册。

地板上铺着一张色彩艳丽的绣花地毯。一台高大的暖炉被摆放在地毯中央，炉窗是用云母做成的，炉身擦得锃亮。光亮的木椅子靠着墙边整齐地摆放了一排。伍德沃斯夫妇坐在沙发上，沙发的木质高靠背和扶手闪闪发光，沙发的坐垫是用黑亮的马鬃布缝制的。

只有四周的墙壁和罗兰家一样，都是木板做的。不过墙上挂着许多罗兰从没见过的风景画和人物肖像，有些画还镶着又宽又重的金边画框。这也难怪，丁汉姆先生就是开家具店的啊。

凯普的姐姐佛罗伦丝和她的妈妈坐在一起。毕兹利太太和药铺的布莱德利太太也都来了。她们都是盛装打扮，安静地坐着。梅莉和罗兰也一直没说话，因为她们都不知道在这样的场合下该说些什么。

这时，敲门声再次响起，丁汉姆太太赶忙去开门。进来的是布朗牧师和他的太太。他大声地向大家打招呼，霎时，房间里全是他的说话声。接着，他和丁汉姆太太谈起了他在马萨诸塞州的家。

"那里跟这里不一样。"他说，"不过我们都是生活在这里的外乡人。"

罗兰对这位牧师一点儿好感也没有，因为爸说布朗牧师自称是约翰·布朗的堂兄。而约翰·布朗就是那个在堪萨斯州杀了很多人，最后成功挑起内战的罪魁祸首。布朗牧师看起来确实挺像罗兰在历史书里看到的约翰·布朗。

布朗牧师的脸很大，而且棱角分明，那双深藏在浓密的白眉毛下面的眼睛，就连微笑的时候，都透着一种凶狠的气息。他身材魁梧，随意地披着一件外套，袖子里露出那双指关节突出的粗糙大手。他不修边幅，连他长长的白胡须都泛着黄色，好像是被烟草汁弄的一样。

他话很多，一走进屋，其他人也跟着打开了话匣子，只有梅莉和罗兰依旧很安静。她们很有礼貌地坐着，不过有时忍不住左顾右盼，动来动去。过了很久，丁汉姆太太才从厨房里端出一些盘子，每个盘子里都装着一块小蛋糕，还有专门放置奶油的小碟子。

罗兰吃完自己的那份食物，轻声对梅莉说："我们回家吧。"梅莉回答说："好的，我刚想这么说。"她们在旁边的小桌子上放下空盘子，去卧室里穿好了外套，戴上帽子向丁汉姆太太告辞。

她们走到大街上的时候，罗兰深深地吸了一口气，"唉，我真不喜欢这样的联谊会。"

"我也是。"梅莉也深有同感，"我真后悔，而且还浪费了一角钱。"

　　罗兰到家后，爸妈都惊讶地望着她。卡琳焦急地问："是不是很好玩啊，罗兰？"

　　"唉，一点儿都不好玩。"罗兰说，"妈，像这种联谊会应该是你去，而不是我们。那里就只有我和梅莉两个小姑娘，我们连说话的人都找不到。"

　　"没关系啊，这只不过是联谊会的第一次活动，"妈安慰她说，"等大家都熟悉了，你就会觉得有趣啦。我看到《前进报》上说，教会举办的这种联谊会很受欢迎。"

第十八章
文艺集会

快到圣诞节了，天空中仍然没有下雪，更不要说什么暴风雪了。每天早晨，冰冻的地面上都覆盖着一层厚厚的白霜，但是只要太阳一出来，就会融化得无影无踪。罗兰和卡琳在去学校的路上偶尔能在人行道下面或商店的背阴处看到一些尚未融化的白霜。她们走在路上，鼻子被寒风吹得生疼，双手虽然戴着连指手套，可还是快冻僵了。她们用围巾把脸包裹得严严实实，一路上也不想说话。

寒风呼呼地吹着，阳光惨淡，天空中没有一只鸟飞过。无边无际的大草原上到处是枯黄的干草，一片死气沉沉的的景象。灰白色的校舍在这样的背景中也显得了无生趣。

看样子，冬天似乎永远也不曾开始，也永远不会结束。每天除了去学校上学、放学回家做家务、复习功课，便没有任何其他的事情可做。今天和明天一模一样。罗兰突然觉得，也许自己这一辈子都会这样度过，除了念书、教书，就再也不会有别的事情发生了。家里没有了玛丽，甚至连圣诞节也没有了真正的节日气氛。

罗兰猜测那本诗集应该还藏在衣橱的抽屉里，她每次经过那个衣橱时，都会想还没有读完的诗句：

"鼓足勇气！"

他说着，手指身边的小岛，

"这滔天巨浪会很快把我们卷向海岸。"

这种想法在她头脑里反复出现，都感觉有些乏味了，总之，她早就丧失了最初的那份期待与兴奋的感觉。

星期五的晚上，罗兰和卡琳像平时一样洗完盘子后，坐在灯光下，拿出书本打算学习。爸坐在灯光下看报纸，妈坐在摇椅上织毛衣。罗兰翻开了历史课本。

突然，她觉得再也无法忍受这一切啦！她一下子推开了身边的椅子，"啪"的一声合上书本，然后狠狠地摔到桌子上。爸妈都给吓住了，惊讶地望着她。

"我不想再这样啦！"罗兰大声喊道，"我不想学习！不想念书！我也不想当老师了，永远都不想啦！"

妈看着她，严厉地说："罗兰，虽然你没有说脏话，但是，这样胡乱摔东西，随意发脾气，跟说脏话没什么两样。希望你以后不要再这样了。"

罗兰一声不吭。

"怎么了，罗兰？"爸问，"你为什么不想学习了？也不想当老师了？"

"唉，我也不太清楚！"罗兰情绪低落地说，"我不喜欢现在这样枯燥的生活，我快烦死了，真希望能有点儿新鲜的事儿发生。虽然我现在已经长大了，不能总是想着玩，但我现在真怀念西部的生活，真想痛痛快快地去玩一场。"她急得都快哭起来了，她以前从没有这样伤心过。

"罗兰，你到底怎么啦？"妈大声问。

"放松点儿。"爸安慰她，"你只是太用功了，学得太累了。"

"对对，你今天就别学习了。"妈说，"你来读一则《青年之友》上的故事吧，书里有几个故事我们还没读呢。"

"好吧，妈。"罗兰无奈地说。其实，她自己也说不出来究竟想要什么，只是有一点她很清楚，即使知道，她也不可能得到。

她重新把椅子拉到桌边来，拿起《青年之友》，"选一篇你喜欢的故事吧。"她对卡琳说。

她尽量用平静的心情去大声朗读故事，卡琳和格蕾丝睁大眼睛认真地听着。妈重新摇晃着摇椅织起了毛衣，爸放下报纸不声不响地走出门，去了街对面的福勒的杂货店，围着暖炉和人聊天。

突然，家里的门开了，紧接着爸急冲冲地走进来，说："卡洛琳，孩子们！赶紧穿上衣服，戴上帽子，学校要开会啦！"

"到底发生了什么事？"妈问。

"大家都去了，听说是要举行什么文艺集会。"爸说。

妈站起身说："罗兰、卡琳，你们快去穿衣服，我得让格蕾丝多穿点儿。"

她们很快就穿戴妥当，爸提着灯笼，大家准备跟着他出发。妈刚想去吹灭油灯，爸说："最好把这盏灯也带上，没准儿到学校会用得上。"

当他们走在大街上的时候，发现有不少人也提着灯笼朝着第二大街的方向走去。爸和走在前面的克里威特先生打了声招呼，他把学校的钥匙带来了。在摇曳的灯光下，教室里课桌的模样看起来怪怪的。其他人也提着油灯过来了。克里威特先生从中选了最大的一盏放在讲桌上。福勒先生在墙上钉了颗钉子，挂了一盏带白锡反光板的煤油灯。为了参加今晚的集会，他关掉了自己的杂货铺，其他店主也都停下生意，前来开会。镇里差不多所有的人都到齐了。

教室里现在灯火通明。

教室里的座位都被坐满了，还有许多人在后面站着。克里威特先生让大家安静下来，然后宣布说举行这次集会是为了成立一个文艺联谊会组织，希望得到大家的支持。

"首先，我们要确立会员名单，然后选出一个临时主席，这个临时主席将主持会议。咱们大家再一起投票选出常务委员。"

这时候大家都有点儿退缩，兴致没有刚才那么高了。不过选谁做临时主席倒是一个很有趣的问题。这时爸站了起来："克里威特先生，在座的朋友们，我们到这儿的目的是什么？是为了策划一些有意思的活动，让大家高兴高兴，似乎没有必要弄一个组织吧。"

爸继续说："我认为一个组织成立了，那么大家可能就会把兴趣转移到组织的运行与管理上，而忽略了为什么要成立这个组织。现在咱们每一个人都明确地知道自己来这里的意义所在，而且针对这一点，大家是达成共识的。可要是一开始就成立组织，搞选举，可能很快我们大家之间就会产生矛盾。所以我提议，不去选什么负责人，直接做我们想做的事情。每次都由学校老师克里威特先生来主持会议，由他确定下一次联谊会的主题。每个人都可以说出自己的想法，然后咱们一起商议，每个人做好自己应该做的事情，最终为丰富我们的生活服务。"

爸说完后，克兰西先生马上大声说："说得对，英格斯！"很多人也鼓起掌来。克里威特先生说："如果大家都赞成，那就说声'好'！""好！"大家齐声高呼，表示同意。

那接下来该干什么呢？克里威特先生问："那么本次会议的活动内容是什么呢？"有人说："是啊！我们可不想这么早就回家啊！"理发匠提议唱歌。有人说："克里威特，可以让你的学生来

一个朗诵诗歌的节目啊。"又有人说："玩拼字游戏吧？"很多人纷纷表示赞成。"真是个好想法！""对啊，就玩拼字游戏吧！"

就这样，克里威特先生挑选出两个队长，是爸和福勒先生。他俩站到教室前面的两个角落里，开始挑选队员，他们大声叫着人名。

罗兰焦急地等待着。当然，大人们的名字理应先被点到。眼看着他们一个接一个地走上前去，两支队伍越来越长，罗兰也越来越紧张，她担心福勒先生会在爸之前选出她，她可不愿意跟爸比赛。紧张的时刻终于来到了。现在轮到爸选人了，他给大家讲了一个笑话，逗得人们哈哈大笑，罗兰看出他眼神中有一丝犹豫，最终他叫出了"罗兰·英格斯"。

罗兰迅速跑过去，站到了队伍的最后面。妈早就站在她的前面了。福勒先生接着叫道："福斯特！"福斯特是最后一个被选出来的大人，他就站在罗兰的对面。也许爸更应该选他的，毕竟他是个大人。但爸最终还是选了罗兰。罗兰心想，福斯特先生肯定不怎么会玩拼字游戏。他是个养牛的农场主，去年冬天，他傻乎乎地从马背上跳下来，朝着远在射程之外的羚羊开了一枪，吓跑了自己骑的马——就是阿曼乐的那匹"贵妃"。

很快，所有的学生都被一一点到名字，就连最小的孩子也参与其中。这两支队伍已经从讲台一直排到了门口。然后，克里威特先生打开了拼字课本。

他最先从初级课本里选单词。"我来找找看，英雄（hero）怎么拼？"这时他突然大声喊道："巴克莱先生！"巴克莱先生被吓得一愣，慌慌张张回答："h-e……r-o-e……英雄。"人们突然大笑起来，他意识到自己拼错了，很尴尬地回到了座位上，成为第一个被淘汰的人。

随着单词难度的递增，被淘汰的人也越来越多。最初是福勒先生的队伍变短了，没多久爸的这一队也变短了，再接着又是福勒先生的队伍，就这样轮番交替着。教室里一片欢声笑语，大家的兴致都被激发了出来，身上也不觉得冷了。

拼字正是罗兰的强项，她最喜欢玩拼字游戏。她两脚稳稳地站在地上，把手背在身后，准确地拼出了轮到她的每一个单词。对方已经有四个人被淘汰了，爸这边也有三个人被淘汰了。克里威特先生出的题目是："差别（difference）怎么拼？"罗兰再次出场，她深深地吸了一口气，然后很流畅地拼了出来。

大部分人都被淘汰了，他们看着台上的游戏笑得非常开心。福勒先生的队伍里还有六个人，而爸这边只剩下五个人——爸、妈、弗罗伦斯、班恩和罗兰。

当克里威特先生问"重复的（repetitious）"怎么拼写时，对方又被淘汰了一个，而妈很轻松地拼了出来。

"含羞草（mimosaceous）怎么拼？"克里威特先生又问。福勒先生回答道："m-i-m，o-s-a，t-i……"他看了克里威特先生一眼，赶紧说："不对，s-i……"他再次从头开始拼，可还是拼不出来，最后只好放弃，坐了下来。

"m-i-m，o-s-a，t-e……"弗罗伦斯拼起来，但他也拼错了。他以前还当过教师呢。

福勒先生那边的另一个队员也没有拼出来。轮到爸这边的班恩了，他连试都没试，直接摇头表示自己拼不出来。罗兰胸有成竹地站在那儿。轮到福斯特了，他站了出来，"含羞草：m-i，m-o，s-a，c-e-o-u-s。"

教室里爆发出雷鸣般的掌声，有人为他喝彩："太棒啦，福斯特！"福斯特先生把外套脱了下来，穿着格子衬衫站在那里，很腼腆地笑着，眼睛里发出明亮的光芒来。他的拼字表现得如此之好，真是出乎大家的意料。

越往后的单词越复杂，克里威特先生干脆翻到了课本的最后几页，那些单词非常难拼，而且他的语速也越来越快。现在对方只剩下福斯特先生在孤军奋战。妈也被淘汰下去了，只剩下爸和罗兰一起应对福斯特先生。

这一轮，他们三人都把单词拼了出来。教室里的气氛紧张起来，非常安静。爸拼字，福斯特拼字，罗兰拼字，然后又到福斯特，如此循环着。福斯特一人与他们俩对抗，却丝毫不输气势。

这时，克里威特先生念道："叶黄素（xanthophyll）。"轮到罗兰拼了。

"叶黄素……"她嘴里读着单词，脑子却发蒙，她似乎能够看见单词就在拼字课本的最后一页上，可无论如何也想不起来怎么拼写。于是在众目睽睽之下，罗兰呆呆地站着，时间仿佛都停下了脚步，几秒钟变得和几个小时一样漫长。

"叶黄素，"她绝望地又念了一遍，开始迅速拼起来，"x-a-n-t-h-o-p-h……"她尽了全力去想，但于事无补，克里威特先生摇了摇头。

罗兰颤抖着坐了下来，现在只剩下爸自己了。

轮到福斯特先生了，"叶黄素……x-a-n-t-h-o-p-h-y……"他说。罗兰紧张得喘不过气来，大家都屏住呼吸听着，福斯特先生继续拼："l……"

福斯特先生停下来思考，克里威特先生耐心地等待着，游戏似乎陷入了僵局。终于，福斯特先生无奈地表示："想不起来，我认输啦！"然后坐了下来。所有人都给他鼓起了掌，因为他坚持到了最后。他在这天晚上赢得了所有人的尊重。

"叶黄素。"爸念了一遍。现在似乎谁也拼不出这个单词了，不过罗兰想，爸能够拼出来，他一定能行，一定要拼出来！"x–a–n–t–h–o–p–h–y——"他故意放慢了速度，最后清晰地拼出了两个"l"。

完全正确！克里威特先生"啪"的一声把拼字课本合上了，与此同时，热烈的掌声在教室里响了起来。爸在拼字游戏中获得了最终的胜利！

人们开始穿外套，围上围巾，准备离开。

"今天晚上是我玩得最开心的一次！"布莱德利太太对妈说。

"是啊，我觉得最让人兴奋的是下周五还有这样的集会。"格兰太太说。

大家一边说一边往外走，中央大街上，一盏盏明亮的灯笼发出暖暖的光。

"罗兰，你现在感觉好些了吗？"爸笑着问。罗兰兴奋地回答："感觉好极了！"

第十九章
狂欢风暴

现在，小镇上的人们每天都在期盼星期五晚上的到来。因为文艺集会的存在，大家每天的生活似乎都充满了欢乐。

第二次集会大家玩的是通过动作表演来猜谜，整个晚上爸出尽了风头，大家都猜不出他的动作是什么意思。

爸穿着平常的衣服，沿着中间的过道向前走，手里拿着一把斧头，斧刃上还插着两个小小的土豆，仅此而已。表演完后，他站在众人面前，眨着眼睛提示道："这个的谜底与《圣经》有关。每个人都应该知道这个。"他继续提示说："这是一种你们经常去查阅的东西。"这还没完，爸继续卖关子："谜底可以帮助你了解圣徒圣保罗。"他逗大家说："别跟我说，你们都想放弃哟。"

最终大家都猜不出来，只好放弃了。爸说出了谜底："它就是《使徒行传》的注释者呀。"他的话音刚落，大家都大笑着鼓起掌来，这时候罗兰心里充满了骄傲和自豪。

回去的路上，罗兰听见布莱德利先生说："我们需要好好想一想，怎么能够战胜英格斯啊！"福勒先生用他那浓重的英国腔调说道："依我看，搞个音乐会就不错，你说呢？"

于是，音乐会顺理成章地成为下一次集会的主题。爸拉小提琴，福勒先生拉手风琴。悠扬动听的琴声让在场的所有人都陶醉其中，只要演奏一结束，人们就会用掌声请求他们再演奏一曲。

今天晚上简直热闹极了，为了参加这次集会，全镇的老老少少都乘着马车从农场专程赶到镇上。镇上的男人们筹划了一场超级音乐盛会。他们认真地练习，还从布莱德利太太那里借来了风琴。

星期五的音乐会到了。人们把风琴用被子和马毡包裹起来，抬到福斯特先生的牛车上，小心翼翼地运到学校来。这架风琴十分精致，所有的木头材质都闪着亮光，脚踏板上蒙上了马毡，上面有着尖尖的木质装饰物以及一个钻石形状的镜子。乐谱架子是用刻有花边的木头做的，风琴的背面蒙着红布，红布从圆圆的孔洞中露出来。两侧的圆形架子用来放油灯。

教室里的讲台已经被搬走了，风琴放在了原来讲台的位置上。克里威特先生把当晚要表演的节目单写在黑板上。演出开始了，有风琴独奏，小提琴和风琴合奏，风琴伴奏的四重唱、二重唱和独唱。布莱德利太太先高歌一曲：

回首，再回首，

多么希望时光可以倒流，

让我回到童年的时光吧，

哪怕只有一次，

就在今夜。

这优美而感伤的旋律打动了罗兰，她有些哽咽。妈更是如此，在她还没来得及掏出手帕的时候，眼泪已经夺眶而出了。所有的女人都在擦眼睛，男人们也忍不住清了清嗓子，还时不时抽动一下鼻子。

听完音乐会，人们一致认为音乐节目是最好的活动。但是爸神秘地说："好戏还在后面呢，你们就拭目以待吧。"

教堂的屋顶已经竣工，以后的每个星期日都会举行两场礼拜仪式，而且还有主日学校呢。

这座教堂修得很不错，尽管由于是新建起来的，看起来还有些粗糙，比如钟楼上还没有钟，木板墙上的装饰还没做完。不过和一般建筑物相比，教堂无论内外都很不错。外墙没有经受风吹日晒变成灰色，教堂内部无论桌子还是椅子，都是木头原来的颜色，散发出新木的芬芳。

大门外面有个小小的入口，虽然不大，但也足够人们在此好好整理一下被风吹乱的衣帽。布莱德利太太慷慨地借出了她的风琴，这样大家唱赞美诗的时候就有琴声伴奏了。

罗兰开始逐渐喜欢听布朗牧师布道了，虽然她听不懂他说的话是什么意思，但是他的样子与历史课本上的约翰·布朗的画像非常像，如同约翰·布朗复活了一样。他的眼睛炯炯有神，说起话来胡子上下跳动，两只大手不断挥舞，划过来划过去，然后再捏紧拳头敲打布道坛。罗兰在心里对布朗牧师所说的话不断进行修改，乐此不疲。因为回家之后爸只会要求她们把正文部分正确背诵出来就好，所以，她不需要用心记住这些布道。布朗牧师讲完后，大家就开始唱赞美诗。

第十八首赞美诗是最动听的。随着悦耳的风琴声响起，所有人都满怀热情地唱了起来：

我们手持拐杖步履维艰，

穿过荒野，走过陌生的土地，

我们有光明的信仰，坚定的希望，

那条最好的古道就是我们高唱圣歌的地方。

接着，人们提高了声调，声音盖过了高亢的琴声：

我们的先辈也曾走过这条朝圣之路，

这是生命之路，它引导我们走向上帝的殿堂，

这是通往光明的唯一道路，

它将引领我们回到故乡！

星期日大家都会去教堂做礼拜，在家吃过周末丰盛的大餐之后，晚上再回到教堂做礼拜。一个礼拜感觉过得飞快。接着就是星期一，又要去上学，不过这个时候就开始期盼星期五的文艺集会了，然后星期六一整天大家都忙着谈论集会时有趣的琐事，接着就又到了星期日。

但似乎人们还没有满足，妇女互助社团又计划在感恩节举办一场声势浩大的庆祝活动，以此为教堂募捐资金。这是一场新英格兰式的晚宴。

罗兰一放学就迅速跑回家，从地窖里拿出了爸去年种下的最大的南瓜，削掉南瓜皮，切成片，然后煮熟。她还仔细挑拣出一大碗小白豆，淘洗干净。妈准备为新英格兰式晚宴做一个超级南瓜馅饼，还要做一盆烘豆，让大家一起分享。

感恩节这天学校放假，所以没有感恩节午餐。一整天，大家一直没有心思做事情，只等带着做好的南瓜馅饼和烤豆去参加晚上的聚会。下午阳光灿烂，大家轮流在厨房里洗澡。在大白天里，而且还是星期四洗澡，感觉怪怪的。

罗兰仔细洗刷干净了她上学穿的裙子，梳好头发，编上辫子，又把刘海烫卷了一遍。妈又穿上她那件漂亮的礼服，爸修剪了胡须，穿上他做礼拜时的正装。

傍晚时分，每个人都已经饥肠辘辘了。妈用一张棕色的牛皮纸将一大盆烘豆包了起来，为了保温又在外面包了一条大围巾。罗兰先帮格蕾丝穿上衣服，裹严实，再匆忙穿上外套，戴上帽子。爸拿着烘豆，妈双手捧着南瓜馅饼，罗兰一手跟卡琳抬着一篮子空盘子，一手牵着格蕾丝。

他们走过福勒家的店铺，来到了一块宽敞的空地，放眼望去，已经能够看到对面灯火通明的教堂了。教堂周围停满了马车，人们陆陆续续从微暗的入口往里走。

教堂里面所有的壁灯都亮着，玻璃碟子里的煤油装得满满的，灯光借着反射板照到对面，使周围都变得很明亮。所有的长凳都挪到墙边去了，大厅中央摆放着两张铺着白布的长桌，在灯光的照射下非常耀眼。

"哇，快看啊！"卡琳大喊一声。

有那么一会儿，罗兰站在那里，完全愣住了。就连爸妈也差点儿停住了脚步，不过作为成年人，他们很会控制自己的表情。也许长大了就应该这样，喜怒都不形于色。所以罗兰尽管也像卡琳一样激动兴奋，可她只是匆忙看了一眼，平静地对卡琳"嘘"了一声，让她不要大叫。

因为，在大厅餐桌的中央摆着一头烤乳猪！猪皮被烤得金黄，嘴里还叼着一个漂亮的红苹果。

各式各样的美食摆了满满两张桌子，散发出阵阵诱人的香味，尤其是那只烤乳猪。

罗兰和卡琳从小到大还是头一次看见这么丰盛的食物。土豆泥和南瓜泥的上面都有个小洞，黄油就这样从它们的顶部流到中间。桌上还有几大钵干玉米，那是把玉米先泡软后，用奶油熬煮，再晾干做成的。一些深盘子里面盛满了金黄色的玉米面包、白面包片和棕色全麦坚果面包。除此之外，还有腌黄瓜、腌甜菜和腌青番茄。高脚玻璃碗中盛满了红色的番茄酱和野樱桃酱。每张桌子上还

各放了一大碟子的鸡肉馅饼，上面的脆皮裂口热气腾腾。

罗兰最感兴趣的还是那只烤乳猪。它被四根短木支撑着，放在一个大盘子里，周围堆满了烤苹果，看起来就好像还有呼吸一样。这只猪，烤得焦黄油腻，香气浓郁，其他的食物在它的比较之下都相形见绌了。罗兰很久没有闻到这么好闻的味道了。

人们纷纷在桌边坐下，给自己的盘子盛满食物，然后相互传递菜盘，一边吃一边聊。烤乳猪金黄酥脆的皮被切开了，露出细嫩的肥肉，正冒着阵阵热气。不一会儿，就被切掉了一半。

"这头猪有多重啊？"一个男人问道，他正递出自己手中的盘子，想再要点儿。那个割肉的男人回答道："说不好，去掉内脏加工好之后差不多还有四十磅①呢。"

人们围着桌子坐得满满的，没有一个空位。丁汉姆太太和布莱德利太太在人们椅子后面来来回回地走，忙着给所有的人倒茶或咖啡。其他的妇女负责收回用过的盘子，换上干净的。虽然整个餐费高达每人五角钱，但是一有人吃完离开桌子，空出来的座位马上就会被人占去。教堂里人山人海，外面还有更多的人又来了。

罗兰从没见过如此盛大的场面，她不知所措地左顾右盼，根本不知道自己该干些什么。她突然看到了艾达，她正在教堂角落的一张桌子旁清洗餐具，妈也在那边忙得团团转，于是罗兰就跑过去帮忙。

"你没带围裙来吗？"艾达问，"你用别针把毛巾别上，免得脏水溅到你的衣服上。"艾达是牧师的女儿，她早就习惯了在教堂干活儿。她的袖子挽得高高的，身上围着一条大围裙。她一边跟罗兰说着话，一边麻利地洗着盘子，罗兰则主要负责把盘子擦干。

"噢，这次晚宴举办得非常成功！"艾达开心地说，"你是

---

① 1磅=0.4536千克。

不是没想到会有这么多人来吃晚餐？"

"完全没想到。"罗兰答道，然后小声地问艾达，"会给我们留吃的东西吗？"

"当然会啦！"艾达坚定地说，然后她又压低声音说了一句，"布朗太太早就想到这个问题了，她给我们留了两个最好的水果馅饼和一个夹心蛋糕。"

罗兰对水果馅饼和蛋糕并不感兴趣，她一心期盼着轮到她上桌的时候，还能多少剩下一点儿烤猪肉。

爸带着卡琳和格蕾丝找到座位时，桌上的烤猪肉还有一些。罗兰擦着盘子，眼睛一个劲儿地瞄着他们，他们吃得非常开心。盘子和杯子刚一擦干，马上就被摆放到桌子上去，罗兰加快了工作速度，可更多的脏盘子又摞了起来。

"我们真的太需要你们来帮忙啦。"艾达高兴地说道。今天来了这么多人真是出乎意料。妈忙得都要飞起来了，其他妇女也忙得不可开交。罗兰还在一心一意地擦盘子，尽管她现在是越来越饿，而且她吃到烤猪肉的希望也是越来越渺茫，但她还是继续工作着，因为她不忍心把那么多的盘子留给艾达一个人。

过了很久很久，桌子旁的人才慢慢减少。最后，只剩下妇女互助社团的成员以及艾达和罗兰没有吃饭了。她们继续清洗着盘子、杯子、刀叉和汤匙，擦干后摆放到另一张桌子上，干完这些，她们才最终坐到了座位上。此时的烤乳猪只剩下了一堆骨头，但是骨头上还剩了一些肉，这让罗兰感到庆幸。盘子里还有一些鸡肉馅饼。布朗太太默默地从后面端出了事先留好的夹心蛋糕和馅饼。

罗兰和艾达心满意足地享用着各种美食，一句话都不说。而那些妇女们则相互夸赞彼此的厨艺，谈论着今晚的晚宴举办得多么成功。墙边的长凳上还坐了不少人在闲聊，还有很多男人站在墙角或是暖炉周围说着话。

最后，桌子上的食物被吃光了。罗兰和艾达吃完饭又去洗餐具、擦干。妇女们分好餐具装进篮子里，打包好剩余的食物。大家一致对妈的厨艺啧啧称赞，说她做的南瓜馅饼和烘豆非常好吃，一点儿也没剩。艾达和罗兰又把烤盘和牛奶盆洗净擦干，妈把它们装进篮子里。

布莱德利太太弹起了风琴，爸和其他人一起唱了起来，格蕾丝已经睡着了，该回家了。

"我知道你今天累坏了，卡洛琳。"爸抱着格蕾丝往家里走时对妈说，妈提着灯笼走在前面，罗兰和卡琳抬着一篮子盘子跟在后面，"不过你们的互助社团举办的这次联谊会真的很成功呢。"

"我确实很累。"妈的口气听起来不像平时那么温和，"而且这可不是联谊会，是新英格兰式的晚宴。"

爸没再说话。他们进家门的时候，时钟刚刚敲响了十一下。明天还要去上学，而明天晚上又是联谊会了！

此次联谊会的主题是辩论赛，题目是"林肯总统和华盛顿总统谁更伟大"。因为巴内斯律师是主辩手，将代表正方发言，他的辩论一定会非常精彩，所以罗兰对这场辩论充满了期待。

"这场辩论会很有教育意义。"当罗兰和妈匆匆赶往辩论赛场时，罗兰对妈这么说。对于今晚的话题，罗兰已经在心里想了好半天，她觉得自己该好好用功了，因为这星期她已经有两个晚上没有学习了。还好有圣诞假期，她可以利用假期把功课补起来。

给玛丽的圣诞礼物已经邮走了，有罗兰用最柔软的细羊绒编织的背心，白得就像窗外的飞雪；有一条妈用最好的白线钩织的花边领子，供玛丽在学校更换；还有卡琳用亚麻细布缝的六条手绢，其中三条都有漂亮的花边。格蕾丝还小，不会做圣诞礼物，她用自己的零花钱买了一尺缎带，妈用它给玛丽做了个蝴蝶结，可以别在白色花边领子的领口上。最后，全家还一起给玛丽写了一封很长的信，爸还在信封里装了五块钱的纸钞。

"玛丽可以拿这些钱买一些需要的东西。"爸说。此前，玛丽的老师曾来信对玛丽大加赞赏。信里说，玛丽如果能买到珠子的话，那她就可以把自己亲手做的手工艺品寄回家，还说玛丽需要一块特制的石板，那是专供盲人写字用的，可以通过手指的接触阅读。

"玛丽会知道我们在圣诞节的时候都很想念她。"妈说。一想到玛丽很快就能收到那个装满全家人的爱和心意的圣诞礼盒，大家就特别开心。

不过，这个圣诞节由于玛丽不在，家里的节日气氛少了很多。吃早餐时，大家纷纷打开各自的圣诞礼物，只有格蕾丝高兴极了。她的礼物是一个洋娃娃，陶制的头和手，双脚是用布做的，还穿着一双黑色的小布鞋。爸用香烟盒子给洋娃娃做了个摇篮，罗兰、卡琳和妈做了小床单、小枕头和小棉被，还给小洋娃娃穿好了睡衣，戴上了睡帽。格蕾丝高兴坏了。

妈的礼物是一枚德国银质顶针，爸的则是一条蓝色丝质领带，这些是罗兰和卡琳一起凑钱买的。罗兰收到的就是那本绿色烫金的书——《丁尼生诗集》。不过罗兰一点儿也不惊喜，这是爸妈根本没有预料到的。在爱荷华州的时候，他们也给卡琳买了一本《荒野故事集》做圣诞礼物，和罗兰的那本一样，一直被藏了起来。

今年的圣诞节过得平淡无奇。罗兰干完活儿就开始坐下来读那首《食莲者》。但是，她读完后却非常失望。因为在那个小岛上，似乎时间永远都定格在黄昏这一刻，而岛上的那些水手也总是一副颓废的样子。那些水手们独自占有那片神奇的地域，却非常消极，他们不断地抱怨着："我们为什么要在这波涛汹涌的海浪中拼命呢？"罗兰看到这儿就非常气愤。水手的工作就应该是与风浪搏斗啊，可是他们只想要过安逸的生活。罗兰实在看不下去了，"啪"的一声合上了书。

罗兰知道这是一本美妙的诗集。但是，由于太想念玛丽的缘故，她根本就没有心思去看书，也根本就看不进去书。

这时，爸从邮局回来了，带回一封信。信上的字迹很陌生，底下的签名竟然是"玛丽"！玛丽在信中写道，这封信是她自己写的，她把信纸放在一块有凹槽的金属板上，用手摸着这些凹槽，就可以用铅笔写信了。这就是她送给全家人的圣诞礼物。

玛丽在信中表达了对学校的喜爱。她还说，学校里的老师都很喜欢她，总是夸她很用功。她目前正在学习读盲文和写盲文。她非常希望能和家人一起过圣诞节，她非常想念家人，也知道家人同样想念她。

读完这封信，一家人都沉默了，圣诞节也就在这静谧的气氛中悄然离去。罗兰说："要是玛丽在这里的话，她该多么喜欢文艺集会呀！"

此刻，罗兰突然体会到了一种改变，那是生活中无时无刻不发生的改变，也许看起来微小，但实际上很巨大。玛丽离开了，而且恐怕要过上六年才能回家，那时候一切都大变样了，一切也都不会再回到从前。

在秋冬两个学期之间的这个假期，罗兰根本没有机会静下心来好好学习。一月份过得很快，让罗兰有点儿措手不及。这个冬天气候非常暖和，所以学校里的活动从来没有中断过。每星期五晚上，文艺集会都在轰轰烈烈地举办着，而且一次比一次精彩。

有一次，加利夫人要办一场蜡像展。那天晚上，小镇上的所有居民，就连住在几英里之外的，都兴致勃勃地跑来参观。所有的拴马桩都系满了拉车的马匹和马车。那两匹棕色的摩根马也来了，它们背上的毛毡用搭扣整整齐齐地扣得非常结实。阿曼乐和凯普一块儿站在拥挤的教室里。

讲台前面挂着一幅白色的幕布。随着幕布缓缓拉开，人们发出了阵阵惊呼。原来，靠着墙壁的地方摆了一排大大小小的蜡像，从讲台的这边一直延伸到讲台的那边，每个蜡像都和真人一般大小，看起来栩栩如生。

他们的面孔像蜡一样苍白，只有眉毛被涂成了黑色，嘴唇是红色的。他们身上包裹着白色的斗篷，一动不动地伫立在那里。

人们盯着这些蜡像欣赏了半天，加利夫人才从幕布后面缓缓走了出来。没有人认识她。她身披一条黑色长袍，戴着一顶遮阳帽，手里还拿着一根教鞭。

她用低沉的声音说道："乔治·华盛顿，我命令你马上复活！"说着，她拿着教鞭朝一尊蜡像指了一下。

只见那尊蜡像真的动了起来！他的动作有些僵硬，先是缓慢地抬起了一只手，接着从衣服里面伸出了另一只手，那只手里还握着一把斧头，连续做了几下用斧头劈砍东西的动作。

接着，加利夫人一边叫出每个蜡像的名字，一边拿着教鞭碰他们一下，蜡像们都机械地运动起来：

丹尼尔·布恩举起一支枪，又放了下来；伊丽莎白女王戴上一顶高高的镀金王冠，然后摘了下来；沃尔特·雷利用僵硬的手把烟斗放到嘴唇边，之后再放下。

所有的蜡像都活动起来了，他们做着毫无生气的僵硬动作，人们根本无法想象他们是活人装扮的。

最后，当幕布重新拉起来时，大家都长长地呼了口气，接着爆发出雷鸣般的掌声。这时，所有的蜡像都变成了活生生的人，走到幕布前面谢幕，掌声更是一阵高过一阵。加利夫人摘下了遮阳帽，原来是福勒先生！伊丽莎白女王的王冠和假发掉了下来，是布莱德利夫人。大家哈哈大笑，教室上空久久回荡着掌声和欢呼声。

"我认为今晚的表演是最棒的一次！"妈在回家的路上说道。

"那可不一定呀！"爸说，他好像还藏着很多秘密，只是不想说出来，"现在整个小镇充满了生机与创造力！"

第二天下午，梅莉又来找罗兰，她俩一直在谈论昨天的蜡人。等到晚上罗兰打算学习的时候，她已经困得哈欠连天了。

"我还是上床睡觉去吧，"她说，"我实在太困——"话还没说完又打了一个大大的哈欠。

"算上今天，这星期你已经有两个晚上没有学习了。"妈说，"明天晚上你还得去教堂。最近这段日子都是在狂欢中度过的，就像一场风暴——是不是有人在敲门？"

门外的敲门声再次响起，妈打开门。是查理，他没有进屋，递给妈一封信就走了。

"这信是给你的，罗兰。"妈说。

当罗兰读着信封上的地址时，卡琳和格蕾丝瞪大眼睛看着罗兰，爸和妈静静地等候着。"罗兰·英格斯小姐，收。"

"咦，这会是什么呢？"罗兰用发卡小心翼翼地割开信封，抽出一张对折的金边信笺。她打开信笺，大声念道：

班恩·乌渥兹

诚挚邀请您

于一月二十八日晚上八点

光临寒舍

参加晚宴

罗兰一屁股瘫坐在凳子上，就像妈有时的举动一样。妈拿过请帖，又看了一遍。

"这是个聚会，一个晚餐聚会。"妈说。

"罗兰！你被邀请去参加聚会啦！"卡琳尖叫起来，接着又问道，"聚会是什么样子的？"

"我也不知道。"罗兰说，"嗯，妈，我应该怎么做呢？我从来没有参加过正式的聚会。"

"那些规矩你早就懂了，罗兰。"妈回答说，"只要举止得体就可以啦。"

妈说得一点儿没错，可罗兰心里还是忐忑不安。

第二十章
生日聚会

接下来的整整一个星期，罗兰一直惦记着这个聚会。她还在犹豫到底要不要去参加。小时候，她曾经参加过奈莉的聚会，但那只是小女孩们的聚会，跟这次的性质不太一样。

阿瑟告诉米妮说，这次的聚会是班恩的生日聚会，艾达和梅莉感到特别兴奋。课间休息的时候，出于礼貌，她们没有再提及这件事，因为奈莉没有接到邀请。就算她接到了，也无法来参加晚上的聚会，因为她住在乡下。

星期六晚上，罗兰七点钟就穿戴整齐了。不过她还不能出发，她要等梅莉来找她，她们一起去火车站，距离约定好的时间还有半个多小时。

于是罗兰再次读起那本《丁尼生诗集》：

到花园里来吧，莫德，

夜的黑幕已经拉开。

到花园里来吧，莫德，

我独自守候在门口。

到处弥漫着小草的芬芳，

玫瑰花已经含苞待放。

尽管这一直是罗兰最喜欢的一首诗，可此时她还是没有心思再读下去。她无法安静地坐下来，她又对着穿衣镜看了看，她真希望自己再长高一点儿，再瘦一点儿，她甚至幻想可以在镜子里看到一个身材高挑苗条的女孩。可事实上，镜子里只有一个矮矮胖胖的女孩，穿着一身做礼拜时穿的最好的蓝色羊绒裙子。

不过，至少有这套少女洋装，裙摆很长，已经把带扣靴子的顶端遮住了。裙子后面的褶皱很多，所以显得很蓬松。裙子上面搭配着一件紧身衣服，胸前还缝着一排绿色的小扣子。裙摆在腰部以三角形散开，裙摆上和袖口处都镶着一道蓝、金、绿三色相间的花边，连高高的领子上也镶着同样的花边，里面缝着一圈白色蕾丝边，妈把珍珠贝壳做的领针借给罗兰，将两边的领口别在一起。

罗兰对这套衣服挑不出任何毛病。她叹了一口气，想着自己如果能像奈莉那样又高又苗条就好了。她的腰肢圆得就像一棵树，手臂虽然比较长，但也是胖乎乎的。她有一双小手，不过也是胖嘟嘟的，一看就是那种很会干家务活儿的手，一点儿也不像奈莉的手那么修长细嫩。

镜子里的那张脸庞也是圆圆的。下巴显示出柔和的曲线，红红的嘴唇也显得圆润。鼻子还算勉强可以，不过显得有点儿俏皮，不是高挺的那种希腊鼻子。至于眼睛嘛，罗兰觉得也很有问题，不但分得太开了，眼眸的颜色也没有爸的那么蓝。双眼睁得大大的，眼神透着忧郁，看起来也很没有神。

前额还是那一撮卷曲的刘海。虽然头发并不是金色的，但好在它们又长又密。她把头发从前面向后梳，编成辫子之后再盘起来，固定在后脑勺上。这沉甸甸的发髻让她觉得自己已经长大了。

她小心地转过头，看着煤油灯下闪闪发光的头发，突然意识到自己这样的举动似乎有点儿太自傲了。于是她走到了窗前。梅莉还没有出现呢。罗兰越发地紧张起来，她甚至觉得自己根本不该去，去了就会出状况。

"罗兰，别担心了，你就坐下来慢慢等吧。"妈温和地安慰着。这时，罗兰远远地看到了梅莉的身影，她飞快地穿上外套，戴上帽子，冲了出去。

罗兰和梅莉一起来到了班恩家中。班恩家住在火车站边上。此刻，楼上早已是灯火通明，楼下的电信局也点着一盏小煤油灯，班恩的哥哥吉姆是一名电报员，此刻他正在那里忙着呢。接发电报嘀嘀嗒嗒的声音在这个寒冷的冬夜听起来更加清晰。

"我觉得咱们应该去候车室，"梅莉说，"可是咱们是敲门进去还是直接走进去呢？"

"我也不知道啊。"罗兰说。不过当她听说梅莉也不清楚这样的场合究竟该怎样做的时候，竟然感到轻松了许多。但事实上，罗兰还是有种不知所措的感觉，想说什么却又不知道该说什么，而且她的手还在不停地发抖。候车室应该算是一个公共空间，只是关着门，生日聚会就在这里举行。

梅莉犹豫一会儿后，还是鼓起勇气敲响了门。当敲门声响起的时候，她俩都不由得吓了一跳。等了半天，没有人回应。罗兰鼓足勇气说："咱们直接进去吧。"

就在她话音刚落，一只手放在门把手上的时候，班恩从里面把门打开了。

"晚上好！"班恩很高兴地和她们打着招呼。罗兰一时没有反应过来，不知道该怎么回应班恩的问候。班恩穿的也是做礼拜时的服装，露出白色的领子。他的头发还有一点儿湿，一看就是精心梳理过的。他接着说："我妈在楼上。"

她们跟着班恩穿过候车室，来到楼上。班恩的妈妈正坐在楼上的客厅里等候着她们。她跟罗兰的个头一样矮小，只是体态要丰满得多。她穿着一件薄薄的灰色连衣裙，质地柔软，领子和袖口的地方镶着雪白的褶皱花边，显得特别优雅。她和善的态度让罗兰的紧张感顿时烟消云散。

罗兰和梅莉来到乌渥兹太太的卧室里，脱掉了外套。这间卧室给人的感觉跟乌渥兹太太一样优雅，床上铺着手工编织的白色床单，枕头上盖着褶边枕巾，她们都不太好意思把外套放到上面去了。窗户上面的白色薄棉布窗帘也有漂亮的褶皱花边，小小的圆桌上铺着钩花的桌巾，上面摆放着一盏煤油灯。同样的花边还镶在衣橱和穿衣镜的四周。

梅莉和罗兰照了照镜子，用手整理了一下被帽子弄乱的头发。这时，乌渥兹太太客气地问道："你们整理好了吗？请到客厅来吧。"

艾达、米妮、阿瑟、凯普和班恩已经坐在客厅了。"我们要等吉姆完成他的工作，才能开始聚会。"乌渥兹太太微笑着说。她也坐了下来，愉快地和大家聊起来。

客厅的灯光很温馨，伴着旺盛的炉火，整个客厅让人十分舒服。窗户边上挂着深红色的窗帘。椅子并没有靠着墙边摆放，而是放在了暖炉周围，炉子上云母玻璃里面透出炭火的光。大理石的桌面上放着一本绒面相册，下面的架子上摆着几本书。罗兰非常想过去翻看一下，但是她得认真听乌渥兹太太讲话，否则就会显得很不礼貌。

乌渥兹太太聊了一会儿，说了声"失陪了"，然后转身走进了厨房。接下来大家一下子都沉默了下来，静静地在椅子上坐着。

罗兰想要说点儿什么，但是她实在想不出该说什么好。于是，她的注意力又集中到自己的身上，她一会儿嫌自己的脚大，一会儿又纠结该把手放在哪里。

罗兰往门口看了一眼，看到那里有一张长长的餐桌，桌布是白色的。餐桌正上方的天花板用铁丝挂起来一盏煤油灯，奶白色的灯罩边缘悬挂着一串串水晶装饰物。在光的照耀下，桌上的陶器盘子以及银质餐具都闪闪发光。

一切都如此美丽，可是罗兰还是没法忘记自己的那双大脚，无奈之下，她慌忙地把它们藏到了裙摆下面。环顾一周之后，罗兰又思考着怎样才能打破沉默，可是她觉得这样做太难了，她根本做不到。她想到这个聚会竟然也跟社交联谊会一样让人拘束不安，情绪变得有些低落。

这时，楼梯上传来脚步声，吉姆一阵风似的上来了。他看到屋里的人的样子，严肃地问道："你们在开沉默的宗教会议吗？"

大家都被他逗笑了。随后，大家开始你一言我一语地聊了起来，时不时地能听到隔壁房间里发出的餐具碰撞的声音，还有乌渥兹太太来回走动的声音。吉姆大声问道："妈，准备好晚餐了吗？"

"好了，正准备叫你们呢，"乌渥兹太太站在门口说，"请到餐厅来就餐吧。"

看来乌渥兹家只把那个房间当作吃饭的地方。餐桌周围放着八把椅子，每个人的盘子边上都放着一碗热气腾腾的汤。班恩坐在餐桌的上位，吉姆坐在相对的下位。乌渥兹太太给每个人安排好位置之后，告诉大家，由她来照顾大家进餐。

罗兰的脚此刻很自然地放在桌子下面，手上也有事情可做了，一切都令人感到愉悦，心情也好了很多。

桌子的正中央摆放着一个银质调味瓶架，上面摆着装有醋、芥末、胡椒以及盐等调味品的小瓶子。每个人的餐盘都是白瓷的，盘子边缘绘着一圈五颜六色的碎花图案。餐巾折成了很大一朵花的形状，竖立在餐盘旁边。

最特别的布置是每个餐盘前面放着一个橙子，不仅如此，橙子还被精心装饰成了花朵的形状，橙子皮从上往下切成一瓣瓣的，向外往下翻开，就像是金色的花瓣一样，花瓣里包着有白皮的新鲜果肉。

在这样的生日派对上，单单是一碗牡蛎汤对客人来说就已经足够奢侈了，但今晚远远不止这些佳肴。乌渥兹太太先是端上一碗小小的圆牡蛎饼干来配着汤吃。等大家美美地享用完最后一勺的时候，她马上撤掉了盘子，又端上来一盘满满的土豆小馅饼。馅饼是把土豆捣碎做成土豆泥，压成圆饼，再放在油锅里炸出来的，每一个都炸成了金黄色。接着，一大盘刚出锅的奶油鳕鱼丸子被端了上来，还有一盘刚出炉的小面包。在圆形的玻璃小碟内放着黄油，大家传递着使用。

吃饭的整个过程里，乌渥兹太太热情地招呼着大家，最后，她端来了咖啡、奶油和白糖。

等大家吃完了，乌渥兹太太把桌子收拾干净，端上来一个生日蛋糕，上面洒了一层白糖。她将蛋糕和一些小碟子放到班恩面前。班恩站起来切蛋糕，在每个盘子里都放上一小块，由乌渥兹太太把碟子端给每个人。一直到班恩切好了自己的那一块，大家才开始吃。

罗兰好奇地看着自己面前的那个橙子。如果这个橙子是拿来吃的，那什么时候才能吃呢？该怎么吃呢？橙子确实太精致了，吃掉它真是太可惜了。她曾经吃过这种水果，它的味道非常美！

大家仍旧都在吃蛋糕，没有一个人碰眼前的橙子。罗兰想，是不是可以把这个橙子带回家呢，分给爸、妈、卡琳和格蕾丝吃。

这时，班恩拿起自己面前的橙子，轻轻地放到盘子里，剥掉橙皮，又把橙子分成几瓣。接着，他一口橙子、一口蛋糕地吃起来。

罗兰拿起了橙子，大家也纷纷拿起自己的橙子，小心地剥掉橙皮，把橙子分成小瓣，就着蛋糕吃了起来。

晚餐后，每个人的盘子里都整齐地堆放着橙子皮。罗兰拿起餐巾轻轻地擦了擦嘴，再把它对折好放到盘子里，其他的女孩子也都一样。

"我们下楼玩游戏吧。"班恩说。

大家离开餐桌的时候，罗兰悄悄地问梅莉说："我们要不要帮忙收拾碗盘？"梅莉还没有回答，艾达就直接说道："乌渥兹太太，我们来帮您一起洗这些碗盘吧。"乌渥兹太太向她们道了谢，说道："姑娘们，下楼去玩吧！我自己收拾这些餐具。"

楼下的候车室非常宽敞而且很明亮，墙上的壁灯都被点亮了，炉火烧得很旺，屋子里特别温暖。空间很大，足够他们玩各种有趣的游戏。他们先玩了会儿丢手帕，接着又玩捉迷藏。最后，大家累得气喘吁吁，都坐到椅子上休息。这时，吉姆说："我还知道一个你们从来没有玩过的游戏！"

一听这话，大伙都兴奋起来，纷纷好奇地追问到底是什么游戏。

"嗯，我想这个游戏还没有名字的，新游戏嘛。"吉姆说，"你们来我的办公室，我教你们怎么玩。"

吉姆的办公室太小了，大家好不容易才围着那张办公桌站成一个半圆，吉姆和班恩分别站在两端。

"都站好了，千万别动啊！"吉姆说。大家都站在那儿一动不动，每个人都在好奇接下来究竟要干什么。

突然，一阵灼热的刺痛感穿过罗兰的手，所有的人都齐齐地松开了手，女孩子吓得惊叫起来，男孩子们也大声叫嚷着。罗兰也被吓呆了，不过她既没有叫喊，也没有乱动。

大家都兴奋起来，不断地追问吉姆："那是什么呀？吉姆，你做了什么呀？你是怎么弄的呢，吉姆？"凯普说："我知道那是电流，吉姆，可是你是怎么弄的？"

吉姆笑着问罗兰："罗兰，难道你没有感觉到吗？"

"当然，我感觉到了。"罗兰回答道。

"可你为什么没有尖叫呢？"吉姆有点儿纳闷。

"喊出来有什么用呢？"罗兰反问他，吉姆听了一愣。

"那到底是什么东西呀？"她和其他人一样追问着。没想到，吉姆只用一句话就把他们打发了："这谁知道呢！"

罗兰曾听爸说过，人们都不知道电是什么东西。本杰明·富兰克林在雷电中发现了电，但是没有人清楚雷电又是什么。现在，人们用电来发电报，可还是搞不清楚电流到底是怎么回事。

大家好奇地看着桌子上摆着的那台小小的铜制电报机，究竟是什么原理可以让这台机器在短时间内将消息发送到很远的地方呢？吉姆在机器上敲打了一下，说："现在，圣保罗那边已经听到这个信号了。"

"现在吗？"米妮瞪大了眼睛，几乎不敢相信吉姆的话。

"对，此时此刻。"吉姆很坚定地回答。

他们静静地站在那里。这时，门打开了，爸走了进来。

"聚会结束了吗？"他问道，"我来接我女儿回家。"时钟这时敲了十下，大家玩得都忘记时间了。

男孩子们取下挂在候车室里的衣帽穿上，女孩子们则跑到楼上去向乌渥兹太太道谢并告辞。她们在优雅的卧室里一边穿好外套，把兜帽系好，一边感叹着："啊，今天晚上实在是太开心了。"现在，这个梦幻般的聚会已经结束了，可是罗兰真希望能够再玩一会儿。

布朗牧师也在楼下接艾达了，罗兰和梅莉跟着爸一块儿回家了。

罗兰和爸到家时，妈正在等他们。

"看你的眼睛闪闪发亮，我就知道你今晚玩得很开心。"妈微笑着对罗兰说，"赶紧上床睡觉吧，卡琳和格蕾丝都已经睡着了。明天你得给我们讲讲聚会的事情。"

"妈，今天我们每个人吃了一个橙子！"罗兰忍不住说了出来，不过其他好玩的事情就留到第二天和大家一起慢慢分享吧。

第二十一章
疯狂的日子

参加过上次的生日聚会之后，罗兰再也无法集中精力学习了。大女孩和大男孩现在成了无话不谈的好朋友，一到刮风下雪的时候，他们就围坐在炉火旁说说笑笑。

等到风雪天气过去，他们就过得更加快乐了。他们总是一起到外面疯跑，互相打雪仗玩。淑女本不该玩这种游戏，可这实在是太有趣啦！他们玩得身体热乎乎的，直到上课铃响了，才嘻嘻哈哈地跑回教室，在门口跺跺脚，把外套和兜帽上的雪抖落下来，之后回到自己的座位上。

罗兰玩得太开心了，几乎忘记了学习。虽然她的成绩始终还是名列前茅，但是她没有再得过一次满分。她在算术课中常常出错，有时甚至连历史也会出错。有一次，她的算术考试下滑到了前所未有的93分。不过她仍然觉得自己可以在明年的夏天好好努力，把荒废的时间弥补回来。其实她心里很清楚，事实就像那些诗歌里写的一样：

从日出到日落，

每一个珍贵的一小时，

都包含着钻石般的六十分钟，

一旦失去，

就再也无法弥补。

小男孩把雪橇带到了学校里，那是他们圣诞节时收到的礼物。大男孩们也会借来带着女孩子们去滑雪。不过由于今年没有下过大暴雪，连个雪堆也没有，所以男孩子们只好用劲拉着雪橇。

没多久，凯普和班恩做了一个很长的手拉雪橇，一次可以坐上四个女孩子，需要四个男生在前面拉。课间休息的时候，他们拉着雪橇疯狂地往前跑，一直跑到大草原那边，再拉回来。中午的休息时间稍长一些，他们可以跑得更远。

最后，奈莉再也无法忍受孤零零地一个人站在屋里了。她以前一直不屑于冬天跑到户外去玩，因为那样会使她的皮肤变得粗糙，也会把手冻坏。但是，一天中午，奈莉突然说自己也想坐雪橇。

尽管雪橇很大，但无论如何也坐不下五个女孩，但是男孩子们不愿意丢下任何一个女孩子。在他们的劝说下，五个女孩子都挤上了雪橇，她们不得不把双脚都伸向外侧，这样一来，长裙就要被撩得很高，直到长靴里的毛袜子都露出来了。男孩子们开始拉着雪橇在白雪皑皑的路上飞奔起来。

女孩子们的长发被寒风吹了起来，衣裙也被弄乱了，脸颊冻得通红，她们一路哈哈大笑，兴奋地大声尖叫。男孩子们拉着雪橇在大草原上转了一大圈后，又开始往镇子的方向跑。他们从学校门前呼啸而过，这时候凯普突然大叫道："我们到主大街上去！"

听了这话，其他的男孩也兴奋起来，纷纷表示赞成，于是他们跑得更快了。

奈莉尖叫起来："快停下来！停！停下！听我说！"艾达也

喊道："喂，别去！"罗兰在大笑，因为她们的脚都是悬空的，裙子、披巾、围巾和头发在风中飘扬，这情景实在太滑稽了。奈莉的尖叫声刺激了拉雪橇的男孩子们，他们更加兴奋地往前奔跑，越来越快。罗兰想，他们肯定不会真的跑到主大街上去的，肯定会中途掉头回去。

"不！阿瑟，别这样！"米妮尖叫起来。梅莉也在苦苦哀求："别去！求求你们啦！"

这时，罗兰远远地看见那两匹棕色的摩根马，它们身披着毛毡，站在拴马桩旁边。阿曼乐穿着厚厚的毛皮大衣，正在解缰绳。他听到女孩子们的尖叫声，转过头来看发生了什么。此时，罗兰才突然意识到男孩子们的目的就是想拉着女孩子们从他面前经过，还要让大街上的所有人都看到。罗兰觉得这无趣透了。

另外几个女孩子不停地大声尖叫着，罗兰用深沉的口气大声喊道："凯普！请你叫他们停下来，梅莉不愿意到主街上去。"

凯普听到后开始转弯，其他男孩子还继续向前拉，跟他对抗着。凯普说："嘿，我们还是别去啦。"他们这才掉头往回拉。

他们拉着雪橇回了学校，到了学校门口，女孩子们跳下了雪橇，刚好上课铃响了起来。除了奈莉，大家都非常高兴。

"你们这些自以为是的家伙！"她大声地喊道，"你们……你们就是一群无知的乡巴佬儿！"

男孩子们愣了一下，沉默地看着她。他们不能随便对女孩子发火，但是奈莉的话太刻薄了。凯普不安地看了梅莉一眼，梅莉冲他甜甜地笑了笑。

"谢谢你们让我们坐雪橇。"罗兰开心地说。

"是呀，谢谢你们，这真是太刺激啦！"艾达也插嘴说道。

"谢谢你。"梅莉看着凯普，微笑着说。凯普的脸上立刻绽放出幸福的笑容。"等课间的时候，我们再出去玩。"他说道，然后跟着大家一起走进教室。

到了三月，雪开始融化了，随之而来的就是期末考试。罗兰一直都不是很用功。目前大家谈论的话题都是今年冬天的最后一次文艺集会。这次的节目是个秘密，大家都在猜测到底是什么。就连奈莉一家也要来参加这次活动，奈莉还和大家炫耀说自己要穿一套新裙子呢。

罗兰在家也没有学习，而是忙着把她的蓝色羊毛裙子擦拭得一尘不染，再熨得平平整整，又把蕾丝褶边弄漂亮一点儿。现在她不喜欢戴兜帽了，一心想要一顶真正的帽子。妈只好买了一码半漂亮的棕色天鹅绒料子给她做帽子。

"我相信你一定会珍惜这顶帽子的，"妈对罗兰说，"而且这布料这么好，你可以戴好几个冬天。"

所以，现在每到星期六，梅莉和罗兰就一起做帽子。梅莉用的是深蓝色的布料，还镶了蓝黑相间的天鹅绒花边，这些布料都是从她爸不要的口袋上拆下来的。罗兰的帽子用的是非常漂亮的棕色天鹅绒，摸起来手感很好，丝绸般的料子上泛着淡淡的金色光泽。文艺集会那天，她第一次戴上了这顶帽子。

这天晚上，教室里好像没有任何特别的布置，只是把老师的讲桌从讲台处移到一边去了。教室内非常拥挤，一个座位上挤了三个人，还有一些男孩子爬到讲桌上站着。布莱德利先生和巴内斯律师把人群向后推了推，空出了中间的过道，没有人知道这是为什么。外面有个想进来的人突然大叫了一声，大家都不知道发生了什么事情。

只见五个穿得破破烂烂的男人从过道上走过来，他们满脸黢黑，眼睛的四周画了一圈白，嘴巴涂得又大又红。他们走上讲台，面对观众站成一排。突然，他们向前跨了一步，高声唱了起来：

嘿，告诉穆里根的护卫队！

这些黑家伙是不可战胜的！

他们迈着整齐的步伐，向后，再向前，就这样来来回回地在原地踏着步子。

嘿，告诉穆里根的护卫队！

这些黑家伙是不可战胜的！

看看我们的步伐就知道……

中间的那个人跳起了欢快的踢踏舞，其余的四个人靠墙站着。一个吹着单簧琴，一个吹着口琴，一个跟着节拍敲着响板，还有一个踏着节拍。

教室里的欢呼声一阵高过一阵，大家开始不由自主地在地板上踩着节拍。快节奏的音乐，画着白眼圈的笑脸，狂放不羁的舞蹈，使人们几乎忘掉了自己的存在。

一支舞蹈结束了，大家还没来得及喘口气，脱口秀的节目就开始上演了。只见这些黑脸人骨碌碌地转动着自己被涂得很白的眼睛，红红的大嘴巴里不停地说出各种各样逗人的话，大家都笑得前仰后合。接着，音乐声又响起来，他们跳得更狂野了。

当五个黑脸人突然冲下讲台，从过道跑出教室时，大家还在开怀大笑。今晚的节目就这样结束了，大家都还沉浸在刚才的表演当中。他们只是在感叹，就算是纽约最著名的黑人剧团也不过如此吧。现在，大家都激动地讨论着这几个黑脸人到底是谁。

他们衣衫褴褛，脸上被涂得黑黑的，很难辨认出身份。罗兰认出了那个跳踢踏舞的是福勒先生，因为她曾经见过他在自家店门口的人行道上跳这种舞。而那个拿着长长的白色响板，随着音乐打节拍的人，如果脸上有胡子，罗兰就能肯定那个人是爸了。

"爸不会刮掉脸上的胡须吧？"罗兰问妈。妈吃惊地回答说："天啊，当然不会！"接着她又补充一句，"我希望他不会这么做。"

"这里面肯定有爸。"卡琳说，"他今天晚上没有跟我们一块儿来。"

"是的，我知道他一直在为今天的演出排练。"妈说着，加快了回家的脚步。

"可是，那五个黑人脸上都没有胡子呀，妈。"卡琳提醒妈。

"我的天啊！"妈惊呼起来，她刚才投入地看着表演，根本没有意识到胡子的问题。"他应该不会刮掉胡须的。"妈说，接着又问罗兰，"你说他会刮掉胡须吗？"

"我不知道。"罗兰回答。她心里其实在想，为了今晚这场演出，爸有可能会做出牺牲，哪怕刮掉胡须也在所不惜。可是她弄不懂爸为什么会这样做。

她们匆匆地赶回了家，可是爸却不在家。她们焦急地等了大半天，爸才回来。他一进门就兴奋地问她们："嘿，今晚的演出好不好看？"

看到他那长长的棕色胡子依旧很牢固地长在脸上，全家人都松了一口气。

"你脸上的胡须是怎么处理的？"罗兰大声问道。

爸故意表现得很吃惊，不解地问："怎么啦？我的胡须有什么问题吗？"

"查尔斯，你吓坏我啦！"妈说着，忍不住哈哈大笑起来。罗兰凑近爸仔细观察了一番，她发现爸笑起来时，眼角的皱纹里还藏着没有洗干净的白色粉末，胡子里面也粘着星星点点的油渍。

"我知道是怎么弄的了！你染黑了胡须，再把它们抹平藏到了外套的高领子下面！"罗兰揭穿了爸的把戏，爸不得不承认，那个拍响板的人正是他。

妈说，这个晚上过得太愉快了，真是此生难忘啊！全家人借着兴奋劲儿聊到了很晚。这个冬天再也不会有文艺集会了，因为春天即将来临了。

"等学校一放假，我们就搬回放领地去。"爸说，"你们觉得怎么样？"

"我要回去看看我的蔬菜种子。"妈坐在摇椅里说。

"能回放领地我非常高兴。我和格蕾丝又可以去摘紫罗兰花啦。"卡琳说，"你高兴吗，格蕾丝？"格蕾丝躺在妈的怀抱里快睡着了，她呢喃地说："紫罗兰。"

"你呢，罗兰？"爸问道，"我觉得你现在应该很愿意在镇里待着。"

"可能是的。"罗兰承认道，"以前没这么喜欢，现在不一样了。可是，我们必须得在夏天搬到放领地去，不然就会失去放领地的所有权。不过，等到冬天来临，我们又会搬回镇里来，是吧？"

"希望如此。"爸说，"这里的房子一直租不出去，那还不如我们自己搬回来住，而且你们上学也要安全些。不过今年冬天我们可能会留在放领地了。嗯，事情总是这个样子，当你为可能发生的事情做好了一切准备时，那件事又不会发生了。就像今年当你做好了迎接严冬来临的准备，可能连一场大风雪也不来了。"

爸的语气很滑稽，大家都被逗乐了。

在这之后，全家人都开始考虑搬家的事情。天气一天天暖和起来，湿润的泥土气息在空气中弥漫着。罗兰越来越难以专注地学习了。她知道自己考试肯定没有问题，不过分数不会很高，要是好好学习，成绩会更好的。

一想到自己现在的学习状态，罗兰偶尔也会受到良心的谴责。但是当她又想到整个夏天都见不到艾达、梅莉、米妮和那些男孩子时，她又开始胡思乱想了，根本静不下心来。她对自己发誓说，今年夏天她一定要真正努力学习。

期末考试的成绩出来了，每一科的成绩都无法令她满意。她的历史得了99分，算术只有92分。这一切都无法改变了。

她突然意识到，自己不能再这样放纵下去了。再过十个月她就十六岁了。夏天一转眼就来了，蓝蓝的天空上，大朵大朵的白云飘来飘去，大草原上点缀着星星点点的紫罗兰和野玫瑰。可是她必须待在家里学习，别无选择。因为要是她不努力的话，也许明年春天她就拿不到教师资格证了，那样的话，玛丽就不得不离开盲人学校。

第二十二章
意外的四月暴风雪

放领地小屋的一切都安排妥当了。屋外的积雪已经融化，嫩绿的小草像是一层薄薄的雾霭覆盖在大草原上。新犁过的土地，在阳光的照耀下，散发出香甜的味道。

这天上午，罗兰学习了两个小时。午餐过后，洗完碗盘，她看着桌上的写字板和课本，它们似乎正在等待她回去。而这时，窗外吹来一阵柔和的春风，带来阵阵芬芳。她真想跟格蕾丝一起去散散步，享受春天的气息。但是她知道自己必须留在家里读书。

"今天下午我打算到镇里去一趟。"爸边戴帽子边说，"卡洛琳，有什么需要我捎回来的东西吗？"

突然，微风变得有些凉了。罗兰看向窗外，大喊："爸，你看那朵云彩，这是暴风雪的前兆啊！"

"咦，现在已经四月了啊，怎么会呢？"爸转过头看着远处的天空。

顷刻间，阳光消失了，风吹得越来越强劲，就连声音都变成了怒吼。暴风雪扑打着小屋，一团团白色的小颗粒飞旋着，丝丝寒意从门缝钻了进来。

"我改变主意了。"爸说，"今天下午还是待在家里吧。"

他搬了把椅子，到炉子旁边坐下来。"幸好所有的牲口都赶进牲口棚里了，我原本计划到镇里买一条拴牲口的绳子呢。"他接着说道。

凯蒂还是第一次见到暴风雪，不知道外面发生了什么事，全身的毛发一根根竖了起来，噼啪作响。格蕾丝想要去安抚它，可一摸它，它的毛发里就会迸发出火星儿。她不知道该怎么办，只好不再碰它。

暴风雪持续了三天三夜。爸怕母鸡被冻坏了，把它们都关到了牲口棚里。这样寒冷的天气里，全家人只能围坐在暖炉旁消磨时光。尽管屋子里光线暗淡，但罗兰还是一直在坚持学习算术。"不管怎样，"她想，"反正我也不想出去散步了。"

第三天的时候，暴风雪终于停了，大草原上覆盖着一层坚硬的冰。爸过了一天才到镇里去，不过那时地面仍然冻得硬邦邦的。爸回来后告诉她们这场暴风雪冻死了两个人。

那两个人是从东部坐火车过来的，当天上午天气还很温暖，他们驾车到镇子南边的一块放领地上去看望朋友，在临近中午的时候，他们又驾车去了两英里以外的另一块放领地，结果暴风雪就来了。

暴风雪过后，人们出去寻找他们，最后在一个干草堆旁发现了两具冻僵的尸体。

"他们来自东部，根本不知道遇到这种暴风雪该怎么应对。"爸说。假如他们钻进干草堆里，再把洞口堵上，或许能挺过去。

"冬天已经结束了，谁还会想到再来一场暴风雪呢。"妈感慨道。

"谁都不能预料未来会发生什么。"爸说，"每个人都应该先做最坏的打算，这样才有可能得到最好的结果。"

罗兰不同意爸的说法，她说："爸，我倒不这么觉得。去年冬天，我们为过冬做了最坏的打算，但是一切的准备都是徒劳。可我们刚回到放领地，暴风雪就在毫无防备的情况下来临了。"

"暴风雪似乎在跟我们故意对着干。"爸几乎同意了罗兰的看法。

"人们不可能对任何事情都做好万全的准备。"罗兰继续说，"总会有一些事是出乎你的预料的。不是吗？"

"罗兰。"妈提醒她别说了。

"妈，事实就是这样啊。"罗兰不服气。

"不是的。"妈说，"就拿天气来说，也并不是你说的那么不靠谱。暴风雪只会出现在暴风雪地区。再说你的问题，你有可能为当老师做好了一切准备，却仍然当不了老师。但是如果你毫无准备，那就肯定当不成老师。"

这倒是真的。罗兰突然想起妈曾经也当过教师。傍晚的时候，妈正在准备晚餐，罗兰放下书本去帮忙，她问妈："你在学校当了几个学期的老师，妈？"

"两个学期。"妈说。

"那为什么后来不继续教了呢？"罗兰追问。

"我遇到了你爸。"妈回答说。

"原来是这样。"罗兰内心也期待自己可以在未来遇到那么一个人，最好不要让她等太久，因为她并不想一直当老师。

第二十三章
新学期又开始了

整个夏天，罗兰感觉除了学习好像什么事儿都没做。当然，事实并非如此。她每天早晨从水井里打水，挤牛奶，移动拴牛桩，教刚出生的小牛喝奶。她有时还去菜园里干活儿。收干草的时候，她要把干草踩结实，才能用车拉到镇上去。但是，与那漫长、焦灼、枯燥的学习时间相比，一切都显得微不足道。她一直都没时间去镇上看看，即使是七月四日的独立纪念日也没有去。爸妈带走了卡琳，罗兰待在家里，一边照看格蕾丝，一边学习宪法。

玛丽经常来信，家人每周都会给她回一封长长的信。在妈的帮助下，格蕾丝也能写一封短信了，她们把格蕾丝的信也装进信封一起寄给玛丽。

母鸡下蛋后，妈挑出了最好的蛋，孵出了二十四只小鸡。其他鸡蛋都被吃掉了。有一天中午，她们还就着新鲜的青豌豆和土豆吃了一顿炸鸡。而其他的小公鸡要等长大了再吃。

田鼠又变得猖獗起来。凯蒂整天待在玉米地里，神气十足地喵喵叫个不停，它抓的老鼠多得根本吃不完，所以变得越来越胖了。它还把那些刚被咬死的田鼠拖到妈、罗兰、卡琳或者格蕾丝的脚下，想把美味分享给大家。不过为什么大家都不喜欢吃田鼠，总是拒绝它呢？凯蒂百思不得其解。

今年乌鸫的数量没有去年那样多了，但还是给他们造成了不小的损失。

秋季来临，罗兰和卡琳又要步行去学校上学了。

随着镇里的居民和周围放领地居民的不断增多，学校的人数也越来越多。如今教室里所有的座位都被挤得满满的，尤其是前排那些最小的学生，得三个人挤在两人的座位上。

欧文先生是学校新来的老师。去年的独立纪念日上，他的父亲驾着枣红色的马差一点儿赢得第一名。罗兰对欧文老师的印象很好，非常尊敬他。他虽然年纪不大，但工作认真负责，而且浑身透着一股活力。

自开学那天开始，欧文老师就严格地管理着学校，学生们也都很尊敬他，并且遵守规矩。就在开学的第三天，威利·奥尔森被欧文老师用鞭子教训了一顿。

在很长一段时间里，罗兰不知道该怎么看待鞭打学生这种情况。威利是个聪明的男生，就是不用功。老师一喊他站起来背诵课文，他的嘴巴就大张着，眼神空洞，装出一副傻乎乎的样子。看到他那副模样，很多人都觉得难受。

以前怀德小姐在学校教书的时候，威利就经常用这种白痴表情来捉弄她。课间休息的时候，他继续这样恶作剧，逗得其他男孩子捧腹大笑。克里威特先生曾经一度以为威利真的是个弱智，因此在学习方面从来不对他做什么要求，以至于威利现在养成了大张着嘴、两眼发直的坏习惯。罗兰有时候都忍不住想，威利是不是真的变傻了呢？

欧文老师第一次看到威利装傻是在点名册上登记名字的时

候。当时欧文先生觉得很吃惊，奈莉赶忙解释说："他是我弟弟，威利·奥尔森，他脑子不好，不能回答问题。"

在接下来的两天里，罗兰发现欧文老师经常用犀利的眼光盯着威利。威利还是一副傻乎乎的样子，目光呆滞，嘴角甚至开始不停地流口水。尤其是当老师叫他起来背课文的时候，他那副白痴的样子简直让罗兰无法直视。第三天，欧文老师平静地说："威利，跟我来。"

欧文老师一手拿着教鞭，一手拽着威利的肩膀，把他拖到教室外，"砰"的一声关上了门。艾达和罗兰坐在离后门最近的位子上，她们听到教鞭咻咻作响的声音。所有的人都听见威利在号啕大哭。

欧文先生平静地回到了教室，威利紧随其后。"不许哭！"欧文老师说，"回到你座位上去，认真学习。我希望你把课文看懂，背熟。"

威利不敢再哭了，乖乖地回到了座位上。从此以后，只要欧文老师朝他那边看一眼，他那副白痴的样子立刻就会消失。他看起来似乎在努力思考问题，举止和别的男孩子没有什么区别。罗兰有些好奇，威利把自己的脑子弄成了一团糨糊，不知道还能不能恢复到正常状态。不过至少他在努力去改变，或者也可以说，他不敢不努力。

罗兰、艾达、梅莉、米妮和奈莉仍然坐在原来的座位上。一个暑假过后，大家的皮肤都被晒得黑黑的，只有奈莉除外，她的皮肤更白了，看起来越来越有淑女风范了。虽然她穿的衣服都是她妈用旧衣服修改的，但仍然很惹眼。这使得罗兰越来越看不上自己的两套洋装了。虽然她嘴上没有抱怨，但是她的心里真的很不舒服。

现在最时髦的一种穿法是在裙子里放上裙撑，妈也给罗兰买了一个。妈把下摆放长了一点儿，巧妙地把裙撑遮盖住，完全看不出改过的痕迹，而那件蓝色羊毛连衣裙原本就宽松，可以直接放进裙撑，不用再做改动。尽管如此，罗兰仍然觉得别的女孩子穿的衣服都比自己的好看。

梅莉有一套崭新的连衣裙。米妮有一件新外套和一双新鞋子。艾达穿的都是别人捐赠的衣服，但因为她本身长得乖巧可爱，所以穿什么都很漂亮。正因为如此，每天罗兰穿戴整齐准备上学时，她越是在乎自己的外表，就越觉得不满意。

"你的紧身衣太松了。"一天早上，妈走过来帮她，"勒紧带子可以让你的身材看起来更匀称。你的头发都梳到后面了，前面却还留着一撮刘海，看起来很奇怪。而且，无论是谁，留这样的发型都会凸显出大大的耳朵。"

妈正忙着给罗兰整理，好像想起了什么，不自觉地轻声笑了起来。

"你在笑什么，妈？"罗兰和卡琳问。

"我想起了以前的一件事，那时候我和你们的姨妈年纪还小，我们上学的时候把所有的头发都梳到了耳朵后面。到了学校就被老师当着全班同学的面批评了一顿，她说我们太大胆了，竟敢露出耳朵，一点儿也不淑女。"妈边说边笑。

"就是因为这个，所以你一直把两边的头发梳下来遮住耳朵吗？"罗兰问道。

对于罗兰的问题，妈似乎有点儿惊讶。"是的，我想是这样的。"她回答说，脸上仍然带着笑容。

她们去学校的时候，罗兰问卡琳："卡琳，我从来都没有见过妈的耳朵呢，你见过吗？"

卡琳说："你跟妈长得像。你的耳朵又小又可爱，我猜妈的耳朵肯定也很好看。"

"真的吗？"罗兰还没说出话来又闭上了嘴，在原地快速地转起圈来，因为风太大了。风吹到她的裙子上，裙撑上面的吊线就会慢慢往上缩，最终缠绕在膝盖处。她得通过转圈把吊线抖松，让裙撑回到裙子最下面的位置。

她们继续快步往前走。罗兰说："我估计妈小的时候穿的衣服应该很老土，你觉得呢？——这风太烦人了！"裙撑又跑到上面去了，她大叫起来。

卡琳站在一边静静地看着她转圈，说道："幸好我还小，不必穿裙撑，这种东西会把我转晕的。"

"这的确是个让人讨厌的事情，"罗兰承认，"可它就是流行啊，等你长大之后，你也会为了赶时髦而穿的。"

到了秋天，他们又搬回到镇里，生活又变得丰富有趣。爸说，现在没有必要举办文艺集会了，但每个礼拜都要去教堂，星期三晚上还要去参加祈祷会。妇女互助社团策划了两场社交联谊会和一次关于圣诞节做圣诞树的讨论会。罗兰真希望能有棵圣诞树，因为格蕾丝还从没见过它呢。教会还计划在十一月份举办为期一周的复兴布道会。欧文老师正在筹备教学展览会，他已经得到了学校董事会的批准。

这项活动将在圣诞节前夕举办，在此之前，学校会一直上课。这样，那些大男孩必须十一月份就来学校上课，不用等到冬天了。为了给他们留出更多的座位，小一点儿的学生只得三个人挤在两人座位上了。

一天课间休息的时候，欧文老师对罗兰和艾达说："我们现在需要更宽敞一点儿的教室，我希望镇上能拨款在明年夏天建造一所好学校。而且，学生需要分年级上课了，在教学展览会上，我会让大家了解我们学校的情况，提出我们的需求。"

他说完这些便向罗兰和艾达布置任务了，她们两个要在展览会上凭记忆背诵美国的全部历史。

"天啊，罗兰，你说我们能顺利完成这个任务吗？"欧文老师离开后，艾达焦急地问道。

"啊，没问题！"罗兰回答，"我们都非常喜欢历史呀！"

"幸亏是你来背诵那部分比较长的历史。"艾达说，"我需要背诵的只是从约翰·昆西·亚当斯（美国第六届总统）到拉瑟福德·伯查德·海斯（美国第十九届总统）。但是你的任务太重了，发现新大陆、战争、西部印第安保留区和宪法的内容统统需要背一遍。天啊，我真替你担心！"

"这段历史确实有点儿长，但是，我们已经学习和复习过很多次了，应该没有问题。"罗兰自信地说。她很喜欢自己负责背诵的这部分历史，觉得这段历史非常有趣。

女孩子们谈论的话题都是围绕着复兴布道会的。镇上和附近乡村的人都会来参加。罗兰从来没有参加过复兴布道会，她也不清楚为什么要举办这样的活动。当听说罗兰打算留在家里读书的时候，奈莉惊讶地尖叫道："啊呀！谁不参加复兴布道会，就代表她不信仰上帝啊！"

这次没人敢出来替罗兰辩解，就连艾达也焦虑地看着罗兰恳求道："你应该会参加的吧，罗兰？"

复兴布道会将持续举办一个星期。这期间，罗兰不仅要跟平常一样去上学，还要抽时间准备教学展览会上的背诵。星期一放学后，罗兰一回到家后就开始学习，一直学到吃晚饭。吃过饭，她一边洗碗盘，一边回忆着历史内容。爸妈在换衣服时，她又抓紧这点儿时间看起书来。

"罗兰，快点儿呀，我们要去教堂啦，要迟到了！"妈说。

罗兰站到镜子跟前，匆忙地戴上她那顶可爱的棕色天鹅绒帽子，弄了弄刘海，走到了门口。妈、卡琳和格蕾丝都站在门口等罗兰。爸关掉暖炉的进风口，把灯芯的火苗关小。

"你们都收拾妥当了吗？"爸问，然后吹灭了灯。他提着铁皮灯笼出了门，大家跟在他后面都出去了，爸锁上了门。主大街两边的窗户里一片漆黑，人们都提着灯笼穿过福勒的杂货店后面的那片空地，朝着灯火通明的教堂走去。轻型马车、四轮马车和盖着毛毡的马密密麻麻地停在教堂外面的阴影里。

教堂里都是人，煤油灯和暖炉里的火把教堂里烤得暖融融的。老人们坐在接近布道坛的位置，小伙子和男孩子们坐在后面的座位上，其他人坐在中间。罗兰看到她认识的人全都来了，还有很多完全陌生的面孔。爸带领家人往前走，寻找空座位。他坐到了前面第二排的空位上，妈、格蕾丝、罗兰和卡琳也跟着坐了下来。

布朗牧师从布道坛后面的椅子上站起来，起头唱起了第一百五十四首赞美诗。布朗太太弹奏着风琴，每个人都站起来齐声高唱：

> 有九十九只羊安卧在围栏的庇护里，
>
> 有一只羊却迷失在了山里，
>
> 远离了黄金之门，
>
> 远离了牧羊人温柔的呵护，
>
> 徘徊于荒凉的山岭。

尽管罗兰明白自己不应该浪费时间去玩乐，应该勤奋地学习，但是，如果复兴布道会仅仅是唱赞美诗的话，她肯定还是会喜欢的。罗兰和爸一样用清晰而洪亮的声音歌唱着。

接下来，大家低下头开始祷告。罗兰闭上眼睛，听着布朗牧师用那粗犷的嗓音念着祷告词。他念完的时候，大家又站起来唱歌了，罗兰长呼了一口气。这是一首节奏欢快、充满活力的赞美诗。

我们在薄薄的晨露中播撒种子，

我们在正午的烈日中播撒种子，

我们在落日的余晖中播撒种子，

我们在静谧的夜色中播撒种子，

啊，我们会得到怎样的收获呢？

啊，我们会得到怎样的收获呢？

伴随着赞美诗的节奏，布朗牧师开始布道了。他的声音，忽而高亢，忽而低沉，如惊雷乍响，豪情万丈。他浓密的白色眉毛不时地上下跳动着，拳头在布道坛上砸得咚咚直响。

罗兰感到背脊发凉，头皮发麻。她似乎可以感受到人群中充斥着一种黑暗的气息，这种气息在这雷鸣一般的声音里越变越大，让人不由得有了一种敬畏的心情。那些句子也变得陌生起来，仿佛不再是完整的句子，而是一个个令人恐惧不安的词。在某一刻，罗兰觉得布朗牧师就是魔鬼，因为他的眼中喷射出了熊熊火焰！

他双手高举，所有的人都站了起来，他用高亢的声音唱道：

快划向彼岸，水手！

努力划向彼岸！

"回来啊！回来啊！"他的怒吼穿透了疾风骤雨般的歌声。

不要畏惧狂风暴雨，

我们的信念毫不动摇！

听到这首赞美诗的第一句，罗兰还觉得有些好笑，她想起上次两个醉汉的闹剧。那个瘦高个儿和矮胖子一脸严肃地唱着这首赞美诗，还踢烂了店铺的纱门，商店的老板们都在被踢破的纱门后大吼着。现在她觉得这所有的声音还有大家的激动都没法儿打动她。

她看了一眼爸和妈，他们站在那儿平静地唱着，她还是感到那个可怕的黑色恐怖就在身边蔓延着。

布道活动已经结束了，但是还有很多人流露出一副意犹未尽的样子。爸压低声音对妈说："走，我们回家吧。"

爸抱着格蕾丝沿着过道往外走，妈牵着卡琳跟在后面，罗兰紧随其后。这时，后排坐着的小伙子和男孩子们都站了起来，看着从身边经过的人。罗兰又产生了害怕见陌生人的感觉，她径直朝着门口走去，似乎到了那里就可以得到解脱。

有人碰了一下她的外套袖子，她根本没注意到，直到听到有人跟她说话："让我送你回家，好吗？"

是阿曼乐的声音。

罗兰惊讶地抬起头，不知道该说什么好，大脑一片空白，连点头或者摇头都不会了。阿曼乐扶着她的手臂，陪着她走向大门。他为了不让罗兰被别人挤到，用手护着她穿过了拥挤的大门。

爸点亮了灯笼，放下灯罩，抬起头来。这时，妈转过身，问道："罗兰在哪儿？"然后他们看到罗兰和阿曼乐一起出来了。妈站在那儿，愣住了。

"走吧，卡洛琳。"爸说。妈跟在爸的身后走了，卡琳瞪大眼睛看了他们一眼，也跟着走了。

洁白的雪覆盖着大地，天气寒冷，但好在没有风。夜空中闪烁着点点繁星。

罗兰看着天上的星星，不知道该说些什么，她真希望阿曼乐先开口。她闻到阿曼乐的厚布外套上有一股淡淡的烟草香味，很好闻，但没有爸的烟斗的香味那么亲切。这种略微有些刺鼻的味道，让她回忆起他和凯普冒着风雪运小麦的惊险历程。她拼命地想着该说点儿什么。

罗兰突然听到了自己在说话，把自己都吓到了："不管怎样，总算没有暴风雪。"

"是啊，今年大概是个暖冬。"阿曼乐说。

接着又是沉默，只能听见他们的脚踩在积雪上发出清脆的的响声。

主大街上到处是匆匆往家走的人们，手里的提灯投射出巨大的影子。爸提着灯笼穿过街道，和妈、卡琳和格蕾丝一起进屋去。他们到家了。

没多久，罗兰和阿曼乐也走到了门外。

"你到家了，晚安。"阿曼乐说着，后退一步，举了举帽子，"我们明晚再见。"

"晚安。"罗兰轻声跟他道别，然后迅速打开门走进了屋。爸已经把煤油灯挂了起来，而妈正在点灯。

爸说："我相信他，他们只是从教堂一起走路回家而已。"

"可是罗兰才十五岁呀！"妈说。

罗兰关上了门，此时煤油灯已经点亮了，家里的一切都和往常一样。

"你对复兴布道会怎么看，罗兰？"爸问罗兰。"还是奥尔登牧师的布道更让人舒服，我更喜欢他。"罗兰回答。

"我也是。"爸说。接着妈告诉大家该去睡觉了。

罗兰不太明白阿曼乐说的"明晚再见"是什么意思，之后的好几天里，罗兰仍然百思不得其解。她更不懂为什么他要送她回家，这样的举动对于他那样成熟的男人来说实在有些可笑。他申请

到放领地已经有好几年了，所以他至少都二十三岁了，他应该是爸的朋友，而不是罗兰的朋友。

第二天晚上，罗兰根本听不进去布朗牧师吵闹的说教。教堂里都是人，每个人看起来都那么亢奋，让她感到很不舒服。所以，当听到爸说"我们走吧"时她别提有多高兴了。

门口站着一群小伙子，阿曼乐也在其中，这让罗兰感到有点儿尴尬。当她看到有好几个小伙子正护送年轻姑娘离开时，她的脸都红了，眼睛不知道该往什么地方看才合适。这时，阿曼乐走上前来问道："让我送你回家，好吗？"这次罗兰大方地回答了一句："好的。"

她想起了昨晚回家时原本想说的话，于是很自然地说了起来。她提到了明尼苏达州的事情。她来自梅溪边，阿曼乐来自春之谷，在那之前，他住在纽约州的马龙市附近。罗兰很高兴地发现自己和他能聊到一起去。他们一直聊到家门前该互相说晚安了。

那一周里，每天晚上布道会结束后，阿曼乐都会护送罗兰回家。罗兰仍然很疑惑。不过那个星期很快就过去了，她每天晚上又开始刻苦学习了。巨大的考试压力大大冲淡了她对阿曼乐的种种疑问。

第二十四章
教学展览会

屋里很暖和，煤油灯光线明亮，但罗兰还是紧张得两手僵硬，几乎都扣不上蓝色羊毛紧身上衣的扣子了。她正在为参加教学展览会而梳妆打扮，可是她总觉得镜子里的人暗淡无光。

在很长一段时间里，罗兰总是很紧张，以至于现在觉得教学展览会是不真实的了。可是，现在它真的到来了。不管怎样，她还是要想方设法地应付过去。

卡琳也很担忧。她瘦小的脸庞把眼睛衬托得大大的。罗兰给她系发带的时候，她还在反复背诵着诗歌。妈给卡琳做了身新衣服，是一件颜色鲜艳的花格呢子连衣裙。

"妈，我再背一遍，你帮我听听好不好？"

"没时间了，卡琳。"妈回答说，"再不走就该迟到了。我相信你早就倒背如流了，在路上的时候你可以再背给我听。罗兰，怎么样，你准备好了吗？"

"是的，妈。"

妈吹灭了煤油灯。一阵冷风迎面扑来，雪花漫天飞舞，地面一片白色。罗兰的裙子随风飘了起来，裙撑又跑到上面去了，她还老是担心自己的刘海会被吹乱。

罗兰的心情一下子变得更加焦躁不安，她拼命回忆着要背诵的内容："美洲是哥伦布于1492年发现的。哥伦布是意大利热那亚人……"一旁的卡琳也在紧张地小声背诵："遵守神的旨意，等待那一刻的到来……"

爸说："快看，教堂的灯也亮了。"

学校和教堂都亮着灯，远远地可以看到黑压压的人群提着灯笼正往教堂走去。

"发生了什么事？"爸问。布莱德利先生回答："学校里容纳不了这么多人，所以欧文老师临时改变计划，让我们先到教堂去。"

布莱德利太太说："罗兰，听说你今晚要为我们表演啊？"

罗兰不知道该怎么回答，因为她一直在回忆着上台背诵的东西："哥伦布是意大利热那亚人……"她必须得赶紧回忆起哥伦布之后的内容。

教堂门口的人实在太多了，罗兰担心裙子的裙撑会被挤变形。挂衣物的钩子已经被挂满了。教堂的过道上也全是人，大家都在寻找座位。欧文老师大声喊着："前面的座位是给学生留的，请同学们往前来。"

妈说她会负责那些衣物的，并帮卡琳脱下外套和兜帽，罗兰自己赶忙脱下了外套，摘下了帽子，一起递给妈，然后紧张地摸了摸刘海。

"放松点儿，卡琳，只要发挥你平时的水平就行了，你都背得滚瓜烂熟了！"妈边说边帮卡琳把花格呢长裙拉平整。

"好的，妈。"卡琳低声说道。罗兰一言不发地站在那里，然后牵起了卡琳的小手，静静地走向通道前面。卡琳小声问："我看起来怎么样？"

罗兰回过头看到卡琳那双大眼睛里充满焦虑，一缕头发散落在眉梢上。罗兰帮她把头发捋到脑后去。这样，卡琳的发型就很完美了，头发从中间整齐地分开，两条辫子直直地垂到后背。

"你现在看上去非常棒，"罗兰说，"你的新裙子也非常漂亮。"她的声调太镇定了，完全不像她平时说话的风格。

卡琳苍白的小脸上瞬间就充满了自信的光彩。她昂首挺胸地从欧文老师面前经过，走到前排，和她的同学坐在了一起。

欧文老师告诉罗兰："现在墙上挂着历届总统的画像，跟教室里的一模一样。我的教鞭就在布道坛上，当你开始讲乔治·华盛顿时，一定要拿起教鞭，提到哪一届总统，就用教鞭指着这个总统的画像，这样的话，你就可以很轻松地按顺序把这段历史讲出来了，所以不要紧张。"

"好的，老师。"罗兰说。她现在明白了，欧文老师其实跟她一样焦虑。罗兰清楚，在所有上台的学生中，只有自己是绝对不能出错的，因为她的背诵是整个教学展览会最重要的部分。

罗兰走到艾达的身边坐下。"欧文老师刚才是不是跟你说教鞭的事情？"艾达悄悄地问道。艾达神情凝重，跟平时无忧无虑的样子有些不一样。罗兰冲她点了点头。然后她们一起看向凯普和班恩，他们正往墙上钉总统画像。布道台被挪到了墙边，空出了足够的活动空间。她们可以看到布道台上面长长的教鞭。

"我相信你一定不会出错的，罗兰，可是我现在好害怕啊。"艾达的声音在颤抖。

"等到你真正上台时就不会紧张了。"罗兰安慰道，"哎，我们的历史成绩一向都不错呀。这门功课比做心算题容易多啦。"

"幸亏是由你开头。"艾达说，"要是我就做不到，我根本不行！"

罗兰原本对由自己讲述开头部分还是非常兴奋的，因为这部分内容非常精彩。不过，现在那些零散的知识在她的头脑中混乱交错着，尽管似乎已经来不及了，她还是努力想把所有的历史知识全都清楚地记下来。她必须要记住，绝对不能出错！

"各位，请保持安静。"欧文老师说。教学展览会开始了。

奈莉、梅莉、米妮、罗兰、艾达、凯普、班恩和阿瑟一起走上布道坛。阿瑟穿着一双新鞋子，走路的时候有一只发出很古怪的响声。他们站成一排，面对着台下那些期待和关注的眼神。罗兰感觉视线都模糊了。很快欧文老师就开始提问了。

罗兰没有感到害怕。她穿着蓝色羊毛连衣裙，站在耀眼的灯光下背诵着地理，看起来都那么不真实。下面坐满了热情的人们，还有充满期待的爸妈，如果答不上来或者是答错了，那将是非常丢脸的事情。尽管如此，她并没有被吓倒。此刻的她仿佛是梦游一般，整个脑袋里只是不停地闪现着："美洲是哥伦布于1492年发现的……"地理部分讲完了，一点儿也没有出错。

人们对她的表现报以热烈的掌声。接下来是语法知识。由于这里没有黑板，所以这个环节显得要困难些。把一个有副词短语的复杂长句子写在黑板上，分析起来是比较容易的事情。但是在没有黑板的情况下，她就只能在脑海里将整个句子背下来，甚至一个单词、一个标点和停顿都不能错，这就要困难得多。即便如此，她还是一点儿错误都没有犯，倒是奈莉和阿瑟两个人出错了。

现在到了心算部分，这是罗兰最头疼的内容。轮到她的时候，她心跳加速，心想自己一定会答错的。"347264除以16，34商2余2，27商1余11，112商7余0，6商0，64商4余0，347264除以16等于21704。"

她知道她的答案是正确的，因为欧文老师已经开始问下一个问题了。

最后，欧文老师说："下课了。"

台下又响起了雷鸣般的掌声，学生们一起转身，排队回到了自己的座位。到了小学生背诵课文了，等他们背诵完，就轮到罗兰上台背诵历史了。

小男孩和小女孩们开始轮流单独背诵，罗兰和艾达则紧张地坐在座位上，她们的身体似乎都僵硬起来。罗兰的脑子里都是历史知识的内容：

"美洲大陆被发现了……联邦大会在费城召开……当有人说'这份请愿书里有一个词我很难认同，那就是国会'时，本杰明站起来说：'主席先生，这份文件中我只有一个词是赞同的，这个词就是国会'……给我自由，要么判我死刑……我们坚信，这些真理是不言而喻的……他们在雪地上留下血迹斑斑的脚印……"

"卡琳·英格斯。"突然，罗兰听到欧文老师喊道。

卡琳走向讲台，她的脸色因为紧张变得更加苍白了。罗兰这才注意到卡琳的花格呢连衣裙背后的扣子扣反了，罗兰早该想到要去帮助她扣好扣子的，可是她忘了。此刻，可怜的小卡琳只能独自去迎接挑战了。

卡琳笔直地站在讲台上，双手背在身后，炯炯有神的大眼睛一直注视着台下的人群。她用动听而清脆的声音背诵起来：

　　小雕刻家手拿着凿子站在那里，

　　一块大理石就在他的面前。

　　他满心喜悦，笑容绽放，

　　原来是天使的梦从心底掠过。

　　他将梦境雕刻到石头上，

他沐浴在神的光辉中，

他雕刻出了天使的梦境。

我们都是生活的雕刻家，

未来之路尚未雕琢，

我们等待着神的旨意，

直到有一天人生的梦悄悄地造访，

就让我们用心雕琢，

让我们把梦雕刻在石头上，

天堂的美景也将属于我们，

我们的幸福人生就是天使的梦境。

卡琳的声音没有一丝颤抖，也没有漏掉一个字。罗兰为她感到骄傲。台下传来阵阵掌声，卡琳微笑着走下讲台，双颊激动得绯红。

欧文老师接着说道："现在，让我们聆听由罗兰·英格斯和艾达·布朗为我们讲述祖国的历史，从发现美洲开始到现在。罗兰，你可以开始了。"

终于迎来了这个时刻。罗兰从座位上站了起来，几乎无意识地走上了讲台。不管怎么样，她已经开始讲述："美洲是哥伦布于1492年发现的。哥伦布是意大利热那亚人，为了寻找通往印度的新航线，他一直在向西航行。当时的西班牙处在联合王朝的统治之下……"

她的声音有点儿颤抖，于是她努力让自己平静下来，认真地继续讲下去。她穿着蓝色羊毛连衣裙，裙撑撑起巨大的裙摆，领口处别着妈的珍珠领针，她的刘海又湿又热地盖在额头前。

她讲述了西班牙和法国的探险家们以及他们的殖民地，提到了冒险家雷利失去的殖民地，还有英国在弗吉尼亚州和马萨诸塞州的贸易公司，还提到了那些买下曼哈顿岛并开垦哈德逊山谷的荷兰人。

起初，她的眼前一片模糊，后来，她逐渐看清了台下的观众。人群中，爸的身影那么特别，当他们的目光相对时，他微微地点了点头，眼睛闪现着光芒。

接着，罗兰讲到了新世界中自由平等的新理念，讲到了欧洲君主政权对人民的压迫，讲到了东部十三个州反抗暴政而进行的独立战争，还讲到了宪法是如何制定的以及十三个州的统一。接着，她拿起教鞭，指着乔治·华盛顿的画像。

教堂里非常安静，只有罗兰的声音。她讲起了华盛顿穷困的童年、他做测量员的工作经历，讲起了他被法军打败的经历，讲起了他所经历的漫长的战争岁月。继而，她又讲到华盛顿当选美国第一任总统，成为美国的国父。还有第一次、第二次宪法修订的结果以及关于西北领土开垦的经过。随后，她讲了约翰·亚当斯，之后讲述了杰弗逊，他在弗吉尼亚起草了《独立宣言》，确立了宗教自由和私有财产权，创立了弗吉尼亚大学，并买下了密西西比和加利福尼亚之间的所有土地。

接着是麦迪逊，1812年战争，国会大厦和白宫被烧毁，美国船员勇敢地与敌人展开海战，赢得了独立。

接着到了门罗总统，他是第一个敢对强国强调自己国家的权利，宣称独立的新世界不容他人侵犯的总统。安德鲁一路与西班牙的侵略者拼杀，最终攻下了佛罗里达，美国付钱买了回来。1820年经济危机，银行纷纷倒闭，人民都失业挨饿。

罗兰的教鞭移向了约翰·昆西·亚当斯的画像。她讲了他当选总统的过程，也讲到了墨西哥的独立战争并赢得了胜利，所以现在可以进行自由贸易。商人们从密苏里河南部出发，穿越几千英里沙漠跟墨西哥人做生意。于是，拓荒者的马车来到了堪萨斯州。

罗兰终于讲完了。下面该艾达上场了。

罗兰放下教鞭，朝台下深深地鞠了一躬。安静的教堂突然爆发出雷鸣般的掌声，她吓了一跳。掌声一阵高过一阵，她觉得自己似乎要用很大的气力才能冲破这些掌声，回到座位上去。可是直到罗兰最后走回到自己的座位，无力地坐下去的那一刻，掌声还在继续着。最终，欧文先生不得不示意大家，掌声才慢慢停了下来。

罗兰浑身发抖，她很想鼓励一下艾达，可是却什么也说不出来。她只能静静地坐在那里，感谢这场严峻的考验终于过去了。

艾达也没有出一点儿差错，她的讲述也得到了热烈的掌声，罗兰真为她高兴。

接着，欧文老师宣布这次教学展览会圆满结束。人们热烈地讨论着展览会，迟迟不肯退场。座位旁边和过道里的人们都在讨论这场盛大的报告会，欧文老师的喜悦之情溢于言表。

罗兰和卡琳挤过人群，来到爸妈身边。爸对罗兰说："嗨，小丫头，你表现得真棒啊！卡琳，你也非常了不起呀。"

"对呀，"妈说，"我真为你们骄傲。"

"每一个词我都牢牢记在脑子里了。"罗兰说着，费力地穿上了外套。这时，她突然觉得有人在帮她穿大衣，紧接着一个声音从身后传来："晚上好，英格斯先生。"她抬起头，看到了阿曼乐的脸。

他没再说什么，罗兰也保持着沉默。他们一起走出教堂，跟在爸的灯笼后面，走在被积雪覆盖的路上。没有风，空气寒冷，月光柔柔地照在雪地上。

阿曼乐说："我可以送你回家吗？我应该先征求你的意见。"

"是呀。罗兰说，"可是不管问没问，你都已经在送我了。"

"从教堂里挤出来真是不容易啊。"他解释道。他沉默了一会儿，接着问道："我可不可以送你回家？"

罗兰忍不住笑了，他也跟着笑起来。

"可以。"罗兰说。她又开始好奇了，阿曼乐为什么要送她回家呢？他的年龄比罗兰大很多呀。如果爸没在，波斯特先生或者是爸的任何一个朋友都可以送她回家，但是爸就在这里啊。或许他只是顺路和罗兰一起走到主街，牵他的棕色马吧。

"你的马是不是拴在主街那边？"罗兰问他。

"没有，我把它们拴在教堂南面避风。"他接着又说道，"我正在做一个轻便雪橇。"

听他说完，罗兰马上产生了一个很大胆的想法——如果能坐上两匹快马拉着的雪橇，那该多美好啊！当然他说这话并不是在邀请她，可她只是想想就已经很激动了。

"要是能继续下雪就可以滑雪橇了。"他说，"但是看样子，可能今年冬天又很温暖。"

"是的，可能会是这样吧。"罗兰回答。她心里猜测，阿曼乐应该没有打算邀请她滑雪橇。

"这个雪橇还得等过些日子才能完工，做好后我还得给它上两层油漆，得在圣诞节过后才能使用。"他说，"你喜欢坐雪橇吗？"

罗兰感觉自己的心都要跳出来了。

"我不知道，"她说，"我从来没有坐过。"接着她大胆地说道："不过我想我肯定会喜欢上坐雪橇的。"

"好啊。"阿曼乐说，"那到一月份的时候我再来找你，带你出去兜上一圈，看看到底有多么喜欢。选个星期六好吗？你觉得怎样？"

"好啊，非常好！"罗兰激动地叫了起来，"谢谢你！"

"好吧，我再过两三个星期就来找你，希望雪能下得再大点儿。"他说。这时他们走到罗兰家的门口了，阿曼乐脱下帽子，向她道过晚安。

"爸！妈！怀德先生在做轻便雪橇，还说要带我去坐。"罗兰一进家门就说。

爸和妈彼此看了一眼，表情非常严肃。罗兰赶紧说："这只是计划，我可以去吗？"

"到时再说吧。"妈说道。不过，爸正用慈祥的目光看着她，罗兰确信，到那时候她一定可以去滑雪橇的。她忍不住开始幻想着那个画面：在一个阳光普照的冬日里，两匹漂亮的马拉着雪橇在雪地上飞奔，那该是多么美妙啊！她不禁又想到了奈莉，她看到后肯定会气得发疯的！

第二十五章
意外的惊喜

第二天，日子又恢复到平淡的状态。没有玛丽在家，全家人真的不想过圣诞节了，他们只为卡琳和格蕾丝准备了圣诞礼物，并且藏了起来。虽然明天才是圣诞节，但是他们今天早上已经打开了玛丽寄来的圣诞礼盒。

学校圣诞节放假一星期。罗兰知道她应该利用这段时间来学习，但是她根本没心思看书。

"玛丽不在家和我一起学习，我觉得太无趣了。"她说。

吃过午餐，罗兰把屋子收拾了一番。可是摇椅上没有玛丽坐着，屋子里还是显得空荡荡的。她不停地环顾四周，仿佛在找寻什么东西一般。

妈放下手里的报纸，说："自从玛丽走了以后，我也很不习惯。这份教会报纸非常有意思，我以前总是给玛丽念报纸上的文章，可一个人看起来索然无味。"

"我真希望她没有走！"罗兰脱口而出，尽管妈不让她这么想。

"她在那里过得很好，我们应该为她高兴。她已经学会了用

221

缝纫机，会弹风琴，还会用小珠子做出漂亮的装饰品。"

说罢，两人都看着那个精致的小花瓶，那是一只用细铁丝把蓝色和白色的珠子穿起来做成的花瓶。这是玛丽为全家人做的圣诞礼物。这个花瓶就摆在罗兰身边的桌子上。罗兰走过去抚摸着花瓶边缘的珠子。

妈说："唉，我现在有点儿着急，我想为玛丽做些夏天的衣服，但是不知道从哪儿弄钱。此外，她真的还需要一些零花钱。她该买一块盲文写字板，这也要不少钱。"

"我马上十六岁了，还有两个月。"罗兰充满信心地说，"来年夏天的时候，或许我已经取得了教师资格证。"

"明年你要是能去学校教一个学期的书，玛丽暑假就可以回家过了。"妈说，"想想玛丽已经离家好久了，一次都没回来过呢，其实差的就是来回路费啊。但是俗话说，还没孵蛋就不要忙着数小鸡呀。"

"我应该做的就是抓紧时间学习！"罗兰叹了一口气。她的内心泛起一丝羞愧，玛丽什么也看不见，却还能那么耐心地为全家做了这么精致的花瓶，而自己却如此懒惰。

妈又拿起报纸看起来，罗兰也开始低头读书，可是她怎么也打不起精神。

这时，卡琳在窗边大呼小叫："波斯特先生来啦！还有一个男人跟他在一起，他已经到门前了！"

"该说'他们'。"妈说。

罗兰打开了门，波斯特先生走了进来，说："你们好！这位是布鲁斯特先生。"

从布鲁斯特先生的皮靴、厚外套和他的那双大手来看，他是个拓荒者。他的话很少。

"你们好！"妈向他们问了声好，然后去搬了两把椅子，"英格斯先生现在到镇上去了。波斯特太太怎么样？她没有和你一起来，真是遗憾啊。"

"我们今天主要是来拜访罗兰的。"他乌黑的眼眸对着罗兰闪了一下。

罗兰尽管非常吃惊，还是按照妈平时教的那样笔直地坐着，双手合在一起放在膝盖上，双脚向后缩到裙子下。但是，她非常紧张，呼吸有点儿急促。她不清楚波斯特先生这话是什么意思。

波斯特先生继续说："布鲁斯特先生住的那个地区新建了一所学校，他们正在物色一名教师。昨晚他观看了学校的教学展览会，他觉得罗兰非常合适，我告诉他，他的选择绝对没错。"

罗兰的心都提到了嗓子眼，然后又突然沉了下去。

"但是我还没有到当老师的年龄。"她说。

"没关系，罗兰。"波斯特先生热情地对她说，"只要你不说，就没人会知道你的年龄。关键是如果郡教育局长给你颁发教师资格证的话，你愿不愿意接受这份工作？"

罗兰一言不发，朝妈看过去。妈问："学校在什么地方，布鲁斯特先生？"

"从这儿向南走大约十二英里。"布鲁斯特先生回答。

罗兰的心一下子沉了下去，离家太远了，在那样一个陌生的地方，更糟糕的是，不到学期结束，她是没法回家的。十二英里的路程要走个来回实在是太远了。

布鲁斯特先生接着说："那是一个很小的居住区，周边的很多农地还没有被开垦出来，所以我们只能办个短期学校，每个学期只有两个月。我们每个月也只能支付二十块钱的工资，外加食宿。"

"我觉得这个工资非常合理。"妈说。

罗兰从没想过自己可以赚这么多钱！一个学期就是四十块钱！罗兰心想，四十块钱！

"我还得和她爸商量一下，虽然我知道他会信得过你，波斯特先生，我们商量好了尽快给你回复，你看这样行吗？"妈说。

"放心吧，英格斯太太。早在东部的时候，我就结识了布鲁斯特先生。"波斯特先生说，"如果罗兰愿意接受，这可是天大的好机会呀。"

罗兰激动得说不出话来。"嗯，是的。"她结结巴巴地挤出了一句，"要是可能的话，我非常乐意去这所学校教书。"

"那我们就先告辞了。"波斯特先生说着，和布鲁斯特先生一同站起身来，"郡教育局长威廉姆斯先生就在镇上，我们争取赶在他回去前找到他，他会立即过来给你测试一下。"

他们向妈道过别，便匆匆离开了。

"妈！"罗兰急促地说，"你觉得我能通过测试吗？"

"一定可以的，罗兰。我相信你。"妈说，"不要紧张，也不用担心，不会发生什么意外。只要你把它当成学校的普通考试，你一定会顺利通过的。"

过了不久，卡琳兴奋地叫嚷道："他们来啦！"

"是'他来了'！"妈严厉地纠正道。

"确实来了，可听起来脚步声的方向不太对啊！"卡琳瞪大眼睛说。

"应该说不是从镇上来的。"妈又纠正道。

"他们从福勒先生杂货店那边过来了！"卡琳尖叫道。

紧接着传来几下敲门声。妈打开门，一个个子高大的男人走了进来，他看起来非常随和，举止礼貌得体。他自我介绍说他就是郡教育局长威廉姆斯。

"我猜想拿教师资格证的年轻女士就是你吧？"他对罗兰微笑着说，"我觉得你根本不需要参加什么考试了，因为昨晚的教学展览会我也参加了，所有的问题你都回答正确了。不过，那边桌子上有石板和笔，那我们就做几道题吧。"

他们一起坐在桌边。罗兰先是做了几道算术题，完成了拼字题，接着又回答了几道地理题。她还朗诵了马克·安东尼纪念恺撒大帝的悼词，抄在写字石板上，流利地分析文法时，她已经丝毫都不感到紧张了，在她看来，威廉先生就像家人一样和蔼可亲。

当我登上远处的山峰，

我看见一只老鹰，

盘旋在悬崖附近。

"'我'是第一人称人称代词，是这句话中的主语，'看见'是句子的谓语……"

在分析了几个这样的句子后，威廉姆斯先生感到十分满意。"完全没有考你历史的必要了，因为昨天你讲述的历史太精彩了。不过我只能给你一个不太高的分数，现在只能给你一个三级教师资格证，等明年你到了十六岁再说。我能借用一下笔和墨水吗？"他问妈。

"就在桌子上。"妈指了指桌子。

威廉姆斯拿出一张空白的教师资格证，铺在桌上。在那一小段时间里，房间里鸦雀无声，只听到他写字时笔尖在纸上发出的沙沙声。写好之后，他擦干笔尖，盖上墨水瓶，站了起来。

"给你，英格斯小姐。"他说，"布鲁斯特先生要我转告你，他们学校下周一开学。到时候根据天气状况，他可能星期六或者星期日来接你。这所学校离小镇有点儿远，差不多十二英里，你知道吧？"

"我知道，先生。布鲁斯特先生已经说过了。"罗兰回答说。

"好吧，祝你好运！"他诚挚地说。

"谢谢您，先生。"罗兰说。

威廉姆斯先生向妈道别，离开了。他一走，大家就一起端详着教师资格证。

爸回来的时候，罗兰仍然站在屋中央，手里拿着证书。

"那是什么，罗兰？"爸问，"看你那副模样，好像担心那张纸会吃了你似的。"

"爸，"罗兰说，"我已经是老师了！"

"什么？"爸惊讶地叫了起来，"卡洛琳，这是怎么回事？"

"你看。"罗兰把教师资格证递给他，"他没有问我的年龄。"

爸看着教师资格证，妈告诉了他罗兰要去学校教书的事情。他说："我真不敢相信！"他慢慢坐下来，又把证书仔细看了一遍。

"十五岁的小姑娘就可以当老师！真是了不起啊！"他本想开心地祝贺罗兰的，结果还是掩饰不了内心的不舍，因为现在罗兰也要离开家了。

罗兰想到几天后就要离开家人，孤身一人去十二英里以外的地方，而且周围全是陌生人，真不知道以后的生活会是怎样的。她不去想这些，心里反而好受一点儿，因为不管发生什么，她都必须学会独自面对。

"现在，我们有钱给玛丽买她需要的东西了，明年夏天她就可以回家啦！"罗兰说，"爸，你说我能教好学生吗？"

"我相信你一定能教好的，罗兰，"爸说，"你一定可以！"